Bleu-Blanc-Rouge

ALAIN MABANCKOU

Bleu-Blanc-Rouge

Roman

2ᵉ édition

PRÉSENCE AFRICAINE

25 bis, rue des Écoles, 75005 Paris

© Présence Africaine Éditions, 2010 - format poche
ISBN 2-7087-0813-6

© Présence Africaine Éditions, 1998
ISBN 2-7087-0670-5

A la mémoire de ma mère, Pauline Kengué.

A L. Vague, toujours si proche, l'autre lumière...

L'imagination puise ses ingrédients dans la réalité.

*Tel est le prix à payer pour aboutir à la **vraisemblance**. Cependant, il appartient, en dernier ressort, à l'auteur de répartir à ses personnages le destin qu'il estime taillé à leur mesure, selon les circonstances. Dès lors qu'ils sont façonnés, ces personnages empruntent nos mœurs. Les bonnes et/ou les mauvaises. Aucun des héros (ou antihéros) ici présents n'appartient à un autre monde que celui de l'imagination...*

OUVERTURE

J'arriverai à m'en sortir.

Je ne sais plus de quel côté se lève ou se couche le soleil. Qui entendrait mes plaintes ? Je n'ai plus aucun repère ici. Mon univers se limite à ce cloisonnement auquel je me suis accoutumé. Pouvais-je me comporter autrement ? J'ai fini par ériger dans mon for intérieur l'espace qui me fait défaut. J'emprunte des voies désertées. Je traverse des villages fantômes. J'entends mes pas sur les feuilles mortes. Je surprends des oiseaux de nuit somnolant sur une patte. Je m'arrête. Je reprends la route jusqu'aux premières lueurs de l'aube...

Garder l'espoir le plus longtemps possible. Dire qu'après tout, rien n'est perdu d'avance. Je ne me dérobe pas. J'ai le sentiment que tout ceci ne s'est déroulé qu'en une seule journée, en une seule nuit. Une longue journée. Une longue nuit. Je suis partagé entre une inquiétude pressante qui remplit mes poumons et cette fausse sérénité dictée par la tournure des événements. J'ai oublié d'être celui que j'ai toujours été. Calme. Serein. Attentif. Qui, dans des circonstances pareilles, élèverait la constance au-delà de la réalité ? Vaincu par le harassement, j'ose à peine comprendre, le dos au mur, que je suis parvenu à ce moment fatidique que redoutent, dans notre petit monde, ceux qui ont fini leur course dans un cul-de-sac...

Croyez-moi, ce n'est pas tant l'affrontement qui me désespère ; je suis rompu à cela. Ce sont plutôt, je le devine d'ici, tous ces yeux écarquillés, toutes ces mains déployées qui m'attendent. C'est une promesse que chacun de nous porte comme la tortue porte sa carapace. Je ne peux me permettre de ne pas regarder de ce côté-là. Je ne peux ignorer subitement tout cela. Ils m'attendent. Je suis leur seul recours. Je me sens chargé d'une mission qu'il faut accomplir à tout prix. Autrement, que leur dirais-je ? Que je n'ai pas pu aller jusqu'au terme ? Vont-ils m'excuser ? Vont-ils me comprendre ?

Les choses vont se précipiter.

Presque dans une continuation logique. Je n'ai jamais prêché la fatalité. J'ai toujours combattu les obstacles, même les plus insurmontables. Il arrive que les forces nous abandonnent à notre sort, comme pour s'assurer que nous pouvons aller au-delà de nous-mêmes, sans geindre, sans nous essuyer le front et sans montrer le moindre rictus qui accuserait notre faiblesse. L'on se sent alors seul. Le vent mugit au-dessus des cimes. Le soleil s'éclipse peu à peu en laissant perdurer la canicule. L'horizon s'élance devant soi, tandis que le terrain émaillé d'aspérités nous impose une marche douloureuse et brûlante pour les pieds.

*
* *

Au fond, j'ai l'impression d'avoir misé mon destin au cours d'une partie de poker. D'aucuns penseraient que je cherche à me justifier, voire à mendier une expiation à l'Être suprême. Loin de moi cette idée. Je n'ai pas pour habitude de larmoyer sur mon sort ou de me défausser en douce à l'heure où il faut rendre les comptes, même si ce moment-là est le plus douloureux pour quiconque a vécu dans notre milieu, un monde auquel on n'échappe plus une fois que la porte s'est refermée.

Oui, la porte qui se referme.

Ce bruit mécanique, ici, là. Les cliquetis de la serrure. Des pas qui s'avancent. Une main qui s'agite, vous pointe du doigt, vous désigne. Et vous, vous dites que vous n'y êtes pour rien. Vous levez la main droite. Le plus haut possible. Vous jurez. Au nom de Dieu. Aux noms des vôtres. On insiste, on vous démontre le contraire. Preuves à l'appui. Vous étiez là, à cet endroit, à telle heure, avec Untel, vous avez fait ceci, vous êtes reparti par telle rue, vous avez croisé un homme, mince, petit, en costume. L'homme vous a remis une enveloppe, vous l'avez prise, vous l'avez ouverte, vous avez échangé quelques mots, vous avez pris le métro ensemble. Et voilà. Voulez-vous que nous poursuivions la description ? Voici une photo. Regardez bien, vous êtes en compagnie de l'homme en costume. Qu'en dites-vous ?

Ils ont vaincu.

Je voudrais que tout retrouve l'ordre chronologique. Que chaque maillon de la chaîne brisée reprenne sa place. Que chaque fait, que chaque geste soit repris avec fidélité. Que cesse cette confusion dans les pensées. Je dois absolument dompter cette fâcheuse habitude de réagir promptement au gré de mes pulsions, face à un événement, sans prendre le temps de mûrir la réflexion. Ainsi je verrais plus clair et peut-être débusquerais-je une voie de sortie, même si mes chances, c'est peu dire, sont dérisoires.

J'ai pris un peu de recul maintenant que je me dirige, bon gré mal gré, vers la case de départ. Même ce chemin-là n'est pas des plus faciles. Revenir sur ses pas, c'est affronter le spectre de son passé. Je n'ai pas cette intrépidité. Je suis épuisé. Je n'ose me regarder en face. Je me trouve amaigri, les maxillaires proéminents, les joues creuses et les lèvres sèches, comme la dernière fois où, quelques jours avant l'arrivée des deux hommes, je m'étais miré dans une cuvette pleine d'eau, au milieu de cette cour de la Seine-Saint-Denis, sous l'œil attentif du surveillant qui me sommait de vite rentrer. Je feignais de ne pas écouter ses aboiements. Je lambinais, pas convaincu que ce reflet dans la cuvette était le mien. Je me retournai, m'imaginant que quelqu'un d'autre se mirait par-dessus mon épaule. C'étaient les seules occasions où je pouvais longuement discerner mon visage. Autrement, je me bornais à le conjecturer lorsque je passais légèrement une main sous le menton pour ressentir la pilosité rêche de ma barbe en jachère.

À ce jour, si je montrais à quiconque ma première photo à Paris, accrochée jadis sur le mur de notre pièce de la rue du Moulin-Vert, dans le quatorzième arrondissement, l'ahurissement qu'il exprimerait serait proche de la commotion.

La marche a été harassante, pénible, pour parvenir jusqu'ici. Ce ne sont pas les pieds qui m'ont porté, mais la vague déferlante des événements, et je réalise au jour le jour que je ne suis pas au bout de mes peines, qu'il faut de nouveau s'attendre à un tournant.

J'ai montré depuis le départ que je possédais des facultés d'adaptation immenses. Je ne me suis jamais autant surpassé. J'ai montré surtout que j'étais capable de me diluer dans un milieu en y mêlant ma touche personnelle, celle qui peut s'avérer décisive, aussi bien en collaborant, comme plus tard avec Préfet, qu'en me dévouant pour les autres membres du milieu, notamment en leur assurant des repas copieux qu'ils ne sont pas près d'oublier, sauf mauvaise foi de leur part – et cela ne m'étonnerait guère.

Cette implication était mésestimée, fustigée ouvertement par tout le milieu après que mon délai de grâce fut épuisé. Il paraît que ces actes n'étaient qu'une goutte d'eau dans la mer et qu'il me fallait plus d'enthousiasme si je voulais voir un jour le bout du tunnel.

Dans ces conditions, on comprendra que le silence, l'observation et parfois le mépris m'aient habité. Je pensais que le temps allait passer en ma faveur, suturant ici ou là les plaies béantes de ma désillusion. J'ai vu la distance qui se creusait entre un passé souillé et un avenir faussement ouaté.

Je n'ai pas eu le choix. J'ai franchi le pas.

*
* *

Lorsque je jette un coup d'œil au-delà de mon étourderie, je n'aperçois qu'un nuage de poussière, un avion qui décolle du pays dans un ciel très bas de saison sèche et qui atterrit le lendemain, à l'aube, à Roissy-Charles-de-Gaulle. C'est comme si j'avais clos les yeux et m'étais retrouvé tout d'un coup de l'autre côté de la barrière. Je ne m'étonne plus que ma première réaction fut de me détourner farouchement de tout. De réfuter la réalité et de ne pas occuper ma place, celle qui m'attendait, ou, pour être plus précis, celle qu'on m'avait accordée d'office dans cet autre univers.

Bien sûr, ceux qui sont de notre sérail me traiteront de poltron, de blanc-bec, de *débarqué* puisque je n'ai opposé aucune résistance quand j'ai aperçu les deux hommes qui venaient vers moi dans la petite rue déserte.

Les images me reviennent, un peu brouillées, superposées les unes aux autres. Ces pigeons perturbés qui s'étaient envolés et s'étaient posés sur les toits des immeubles. J'aurais voulu être, moi aussi, un colombin. Avoir des ailes et m'élever au-dessus de ces bâtiments de façon à survoler le cours des événements. J'étais soudainement paralysé par une sorte de mauvaise conscience. Une sensation de mal-être. On aurait dit que je devais d'abord payer un tribut pour recouvrer la liberté d'exister, d'être moi-même. Mais cette liberté-là ne se monnaye pas. Il y a le poids de la conscience, la gêne en face de ce miroir qui pèse le pour et le contre de nos agissements.

J'avoue, je n'ai pas la finesse, le flair et, en particulier, ce manque de scrupules qui font que mes compagnons parviennent à passer entre les mailles serrées des filets qui nous sont tendus. Je ne sais pas comment ils s'arrangent pour entretenir en permanence un tel moral d'acier et surtout pour déjouer au moment opportun les chausse-trapes parsemées sur notre parcours. En fait, ils ne regardent pas ce qui se passe derrière eux car, disent-ils, *ce n'est pas à la nuque d'orienter les jambes.* Ils s'accommodent de l'insouciance, ne songent pas à ce qui adviendra par la suite ; ils agissent d'abord. Le reste n'est pas leur affaire et se résoudra lorsque le problème sera posé.

Ce sont les premiers préceptes de notre environnement. Des principes élémentaires qui ont fait la preuve de leur efficacité en tout temps et en tout lieu. Un des dogmes à retenir les yeux fermés. À appliquer sans hésitation le moment venu. Je devais adopter cette philosophie. Je le devais si je voulais atteindre mon dessein. On m'avait fait comprendre qu'il n'y avait pas d'autre solution que celle-là.

*
* *

Je n'ai opposé aucune résistance face aux deux hommes. Comment prendre mes jambes à mon cou alors qu'elles s'engourdissaient, ne me soutenaient plus ? Quelle direction allais-je prendre ? J'étais enraciné au sol. Comme un arbre.

Non, je n'ai opposé aucune résistance et je n'ai pas à le regretter.

M'échapper ? J'y ai songé.

J'ai senti l'heure venir. Je ne pouvais plus envi-

sager une autre attitude que celle-là. Sans doute
appréhendais-je d'aggraver inutilement la situation
en me comportant autrement que par l'abdication.
Je n'ai pas eu tout à fait tort puisque j'ai de nouveau
observé ce comportement un peu plus tard, dans
d'autres circonstances et devant d'autres hommes
chargés, prétendument, de me remettre sur le droit
chemin. Le résultat, quoique amer, me paraît à ce
jour acceptable à quelques nuances près. La fuite,
sincèrement, eût changé les choses.

Je suis resté là.

Une question me traverse encore l'esprit.

Je me la posais déjà dans la voiture en regardant
défiler le paysage, ces saules endeuillés, ces sapins
filiformes, ces arbustes ébouriffés et contractés par
le froid de l'hiver en pleine maturité : pourquoi
est-ce que ce sont les mêmes hommes qui sont revenus dix-huit mois plus tard me prendre en Seine-
Saint-Denis, me remettre dans la même voiture blanche, une Mazda, cette fois-ci sans ce chauffeur noir
qui avait déployé un excès de zèle à Château-Rouge,
dans ce quartier populaire du dix-huitième arrondissement de Paris ?

En effet, ils sont venus dix-huit mois après.

Ils attendaient ce jour. Ou alors, on leur avait
confié la mission de revenir. Ils devaient achever
eux-mêmes le labeur qu'ils avaient entamé. Je le ressentais comme s'ils étaient chargés de suivre mon
parcours du début jusqu'à la fin.

Ils sont venus. Tous les deux. Sans le Noir.

Ils m'ont pris. M'ont introduit dans la Mazda.
Nous avons fait le tour du département. J'eus le sentiment que nous tournions en rond avant de pren-

dre, sans céder le passage à droite, un boulevard périphérique, puis l'autoroute. Nous avons sillonné d'autres contrées d'Ile-de-France dont je serais incapable de dire les noms quand bien même ils me seraient demandés aujourd'hui sous la torture. Du reste, je ne les avais pas fréquentées depuis que j'étais en France. Ce dont je me souviens, c'est que la voiture roulait à tombeau ouvert, très ouvert. Une espèce de bolide aux amortisseurs avachis qui nous propulsait par à-coups et qui perdait sa direction lorsque l'aiguille rouge du compteur de vitesse indiquait les cent soixante à l'heure. La voiture crachait une fumée noirâtre à chaque quinte de toux du moteur. Personne ne disait mot. La distance me paraissait longue. Très longue. J'aurais parié que nous nous éloignions de la région. Les repères de l'autoroute ne me suggéraient rien du tout. Les habitations, borne après borne, s'isolaient, se raréfiaient, cédaient la place à des sites d'usines, à des étendues de pâturages sans bétail, à des paysages rustiques sous un brouillard épais qui ne laissait apparaître que des ombres fantomatiques. Je devinais ici une charrue, là des montagnes de foin, une moissonneuse-batteuse, plus loin un vieux tracteur immobilisé au bord de l'autoroute : nous étions dans une petite campagne.

Mais nous roulions encore.

Après plus de deux heures de route, nous nous sommes retrouvés dans un endroit silencieux que je pris au premier abord pour un dépôt de la SNCF à cause des trains décrépits stationnés un peu partout. Un charnier de rames. Je pensais aux éléphants qui se retirent dans un cimetière pour se mettre à l'abri des regards indiscrets. Des boulons et des barres de fer jonchaient le terrain. Des casques de sécurité jaunes étaient accrochés sur les branches des rares arbustes du terrain. Des combinaisons de cheminots pendaient des fenêtres des locomotives. C'était un site plutôt déserté. Personne dans les parages. Pas l'ombre d'une vie. Nous sommes sortis de la voiture, mon bras toujours retenu par une menotte à celui de cet homme de grande taille.

En cette fin de matinée, une petite neige blanche tapissait le sol et s'écrasait sous nos pieds. Les miens étaient humides, gelés et ankylosés. Je ne les sentais plus. Je ne portais pas des vêtements de saison. Une chemise bleue en toile avec un tee-shirt noir à l'intérieur. Un pantalon jean usé aux genoux, des pantoufles Spring Court aux pieds. Je grelottais. Les deux hommes s'en moquaient éperdument, parés de brodequins militaires, de lourds manteaux, de gants fourrés et de bonnets qui couvraient leurs oreilles comme s'ils traversaient la Sibérie.

Nous avons parcouru des centaines de mètres à pied. Les locomotives et les wagons étaient loin derrière nous. Un espace immense, moins brumeux, s'est ouvert devant nous avec, à l'horizon, des constructions archaïques vers lesquelles nous nous hâtions. Des corbeaux perçaient le brouillard, cabriolaient haut dans le ciel, à la quête de la crête la plus élevée de ces bâtisses, les ailes crispées par le froid.

Quatre gaillards, à notre arrivée, ont poussé le portail sans broncher. Nous avons franchi une grande cour déserte marquée au sol par de gigantesques empreintes de brodequins. Elle était visiblement fréquentée. Je remarquai, de l'autre côté, un terrain de football grillagé, quelques haltères et un seul panier de basket. Nous nous sommes orientés ensuite vers le plus haut des bâtiments et avons emprunté les escaliers qui menaient au sous-sol. Les deux hommes m'ont traîné le long d'un couloir interminable. Nos pas résonnaient, cadencés comme si nous nous étions concertés. Le silence prêtait aux locaux l'atmosphère d'un pénitencier en décrépitude, abandonné, pour ne pas dire hanté.

Réveillé par le silence pesant des environs, je commençais de m'alarmer. Que venions-nous faire par ici ? Méritais-je cet isolement ? D'ailleurs, étais-je un détenu pour subir un tel traitement ? J'en avais l'air. Je trouvais injuste qu'on me prît pour un captif. Je n'allais pas me laisser malmener de la sorte. Il y avait des choses à tirer au clair.

Plusieurs choses.

D'abord, je vous le demande, dites-moi pourquoi nous sommes ici ? Que vous ont-ils dit quand vous m'avez embarqué dans la voiture, répondez-moi messieurs, répondez ! Mais répondez donc ! Ce sera pour aujourd'hui ? Pour ce soir ? Pour demain ? Ou alors pour après-demain ?

Silence.

Je voulais m'exprimer, expliquer, convaincre, leur dire de m'accorder quelques minutes, juste quelques minutes. Solliciter une faveur : me ramener à la rue du Moulin-Vert, dans le quatorzième arrondissement. Notre immeuble. Les voitures stationnées en créneau le long de la chaussée. L'Arabe du coin qui nous faisait crédit entre *camarades*. Les escaliers. La lucarne. Les couvertures en laine. La table en plastique. Le réchaud de camping aux

pieds rouillés. Par où passer pour aller rue du Moulin-Vert ?

Ils m'y conduiraient. Pas si sûr.

– Qu'est-ce que vous iriez faire là-bas ? Non, il
n'en est pas question, diraient-ils.

Je renouvellerais ma supplication.

Rien que cette ultime faveur, s'il vous plaît, messieurs. Ils ne m'entendraient plus. Surtout ne plus
parler. Chut ! Un mot de plus et le prétexte pour le
coup de matraque était trouvé. Les suivre en
silence. Faire ce qu'ils voulaient.

Et attendre.

*

* *

Plus nous avancions, plus le couloir devenait
étroit. Nous descendions plusieurs niveaux. Les
deux hommes qui m'escortaient, l'un devant, l'autre
derrière, savaient où ils mettaient les pieds. Leur
attitude distante et affectée traduisait une routine
indubitable. Le plus grand des deux devait mesurer
au moins deux mètres. Ses bras de primate arrivaient jusqu'à ses genoux et il avait dû me détacher
de lui pour se mouvoir à son aise. Le deuxième
homme était moins grand. Il se retournait, me visait
dans les yeux avec un regard rouge de fermeté. Sa
corpulence de trapu musclé dévoilait une pratique
assidue de la culture physique.

Nous avons été contraints de marcher de guin-
gois, et même de nous baisser pour ne pas heurter
d'autres escaliers au-dessus de nos têtes.

Nous sommes enfin arrivés devant une lourde
porte en fer, armée de pas moins d'une demi-

douzaine de serrures. Un des deux hommes, le plus petit, a sorti un trousseau de clefs. Il s'est trompé à maintes reprises. Il a grommelé et poussé des jurons avant d'y parvenir.

L'autre homme, sans crier gare, m'a précipité dans la pièce...

Avec le vlan de la porte, c'était comme si la nuit était tombée. Je suis resté un long moment les yeux fermés. Je les ai ouverts graduellement afin de m'acclimater au noir. Puis, peu à peu, une faible lueur du jour s'est faufilée à travers deux trous grillagés, qui faisaient office de bouches d'aération pour les lieux, loin, au-dessus de ma tête.

Le silence aurait été absolu s'il n'avait été coupé occasionnellement par des pas pressés, des toussotements, des murmures derrière la porte et, parfois même, à ma grande surprise, par des éclats de rire sonores que j'entendais au-dessus de cette espèce de cellule.

Il y avait donc une vie dans la bâtisse.

*
* *

Depuis, je me retrouve dans cette pièce sombre, face à mon ombre que je vois déambuler sans me prévenir. Elle va, elle vient. Elle se lève et se rassoit, la main posée sur la joue comme si, soudain, elle s'apercevait que nous ne formons qu'une seule entité et que notre destin est scellé à jamais.

Toutes leurs précautions me paraissent ridicules. Même lâché dehors, seul, je ne retrouverais pas mon chemin. Depuis le début, l'idée de m'enfuir ne m'a pas traversé la tête.

Je ne me considère pas comme un détenu, je le répète. Je n'ai pas à m'évader. Mais eux, peuvent-ils me croire ? L'expérience leur a prouvé le contraire. Des gens qui, dans ma situation, excédés, avaient, je n'en doute pas, tenté le tout pour le tout. Attendre derrière la porte, feindre l'évanouissement total et attraper par la gorge, sans lâcher, l'homme qui se pencherait sur eux ou viendrait les ravitailler.

S'ils m'ont séquestré – je ne trouve pas d'euphémisme pour la circonstance – dans cette sorte de bunker, c'est simplement pour se prémunir contre une éventuelle évasion.

Il est fort probable qu'un car de la police vienne nous embarquer comme des marchandises avariées qu'on emmagasine pour les déverser plus tard dans une décharge publique, loin de la vie quotidienne. Je dis *nous* parce que mon intuition me souffle que je ne suis pas seul ici.

Ai-je des voisins d'infortune dans les pièces attenantes ? Aucun indice ne m'incite à le croire. Ou à ne pas le croire. S'ils sont là, y sont-ils pour une cause identique à la mienne, ou du moins connexe ? Avions-nous été également voisins en Seine-Saint-Denis ou venaient-ils d'autres endroits de la région parisienne ? Aucune information. Le mur total. La nuit.

*
* *

L'odeur du moisi...
La pièce dans laquelle je me trouve est restée

inoccupée longtemps. Dans le noir, l'homme n'a d'autre réflexe que le repliement. Le noir lui rappelle qu'il n'est qu'un point infime sans la bénédiction de la lumière du jour. Qu'il ne peut rien entreprendre et qu'il est réduit au tâtonnement.

Je me recroqueville en quatre dans une encoignure, à l'opposé de la porte. La fatigue me tend ses lacs. Mais, ne pas s'endormir. Rester éveillé. Se frotter les paupières. Non, ne pas dormir. Ne fût-ce que pour voir ce qui doit m'arriver par la suite...

Le noir me plonge dans un état d'hypnose.

Il m'est impossible de séparer le songe de la réalité. Des ombres défilent devant moi. Des visages. Des lieux. Des voix. Je ne parviens pas à associer cet univers fantasmagorique à une situation précise. Pour moi, tout cela demeure confus. J'ai la sensation d'être au fond d'un précipice et de remonter doucement, par une ascension qui me berce et me fait miroiter ce bonheur factice vers lequel je me dirige en volant dans les airs. Le vent me donne des ailes. Je les déploie. Je n'ai qu'à lever les bras au ciel pour m'envoler. Est-ce pour cela que mes paupières s'alourdissent ?

Je dévisage cette silhouette frêle qui sourit alors que je m'assoupis. Je reconnais la silhouette. Je la reconnaîtrais parmi des milliers.

C'est Moki.

C'est lui. Pourquoi ton visage me paraît-il un peu émacié ? C'est bien toi, Moki. Je t'ai reconnu, Moki. C'est toi. Et cet homme qui est près de toi ? Qui l'a conduit jusqu'ici ? Je le reconnais aussi. Il s'appelle Préfet. Il est ivre. Comme d'habitude. Il regarde sa montre. Comme d'habitude. Il me considère,

décrète que je suis l'homme qu'il faut, que je ferai
bien l'affaire cette fin du mois. Je lui dois ça, après
tout ce qu'il a fait pour moi, me dis-tu. C'est aussi
dans mon propre intérêt, je dois y réfléchir, ajou-
tes-tu. Plutôt que de rester là à ne rien foutre,
constate Préfet. Et tu lui donnes ton assentiment.
Je n'ai rien à dire là-dessus. Ma voix ne compte pas.
Préfet reviendra après-demain rue du Moulin-Vert.
Très tôt le matin. Nous irons tous les deux *circuiter*.
Vous l'avez décidé ensemble, ce *boulot pour les
bleus*, pour reprendre les mots de Préfet ce jour-là.
Tout le monde l'a fait, ce boulot. Même toi Moki,
me rassures-tu. Tout le monde a commencé par ça.
Après, je ferai autre chose, si je le désire. C'est un
boulot que je n'aurai pas de mal à accomplir. Vous
l'avez décidé ensemble, je le sais Moki. C'est à toi
que je m'adresse. Pourquoi me poursuis-tu même
dans mon sommeil ? Sommes-nous liés à ce point
pour que tu me pourchasses jusqu'ici ? Je ne me
trompe pas. C'est bien ton visage.

   Où es-tu à présent ?...

                    *
                 *   *

   Je voudrais que tout retrouve l'ordre chronologique. Il est des fois où la mémoire ne ressemble
qu'à une montagne d'immondices à démêler
patiemment pour débusquer cet objet minuscule,
ce déclic qui fait que tout dérive et s'enchaîne en
une succession d'événements qui échappent à la
volonté de l'homme.

   L'enchevêtrement des faits consume mes tem-
pes. J'ai été surpris par le cours des choses. J'aime-

rais que tout soit clair. Qu'il n'y ait pas d'ambiguïté. Je n'ai rien à cacher. Plus rien à perdre. Encore moins à gagner. Je n'ai fait de mal à personne, je tiens à le signaler. J'ai agi comme tous les autres, ceux de notre milieu. Je ne suis pas de ceux qui reculent, et Moki le sais bien. Préfet s'en est persuadé, encore qu'il soit difficile de le contenter, celui-là.

Ce qui importe à ce stade, c'est de comprendre. De tout regarder sans pour autant tronquer ou falsifier les faits. Je ne voudrais plus revivre l'illusion qui m'a engagé dans cette voie. Je présume que je serai taxé de *faux frère*, accusé de traîtrise, de trahison et, comble d'ironie, d'ingratitude, moi qui ai, sans présomption, donné le meilleur de moi-même. Je m'attends à cela.

Il m'est difficile de reculer. Les choses se précipitent. Ce soir ? Demain ? Après-demain ? Je n'ai aucune idée du calendrier. Ma réminiscence est un examen intérieur incontournable afin que ma conscience s'apaise, débarrassée de la vase de remords qui encrasse mes pensées...

Je prendrai le temps qu'il faudra pour exhumer, avec l'épieu de l'obstination, tous ces instants qui, de près ou de loin, m'ont catapulté jusqu'en ces lieux, à plus de six mille kilomètres de ma terre natale...

PREMIÈRE PARTIE

Le pays

Il vaut mieux rêver sa vie que la vivre, encore que la vivre, ce soit encore la rêver.

Marcel PROUST, *À la recherche du temps perdu.*

Au commencement il y avait ce nom.

Un nom banal.

Un nom à deux syllabes : Moki...

Au commencement, il y avait ce nom-là.

Moki est devant moi. Je le revois. Il me parle. Il me donne des indications. Il me dit de m'occuper du reste avec Préfet. De ne pas lui poser de questions. De simplement exécuter ce qu'il me demande. Il est là, Moki. Son regard vers le ciel. Il fixe rarement ses interlocuteurs. Je l'écoute. Continûment. Avec intérêt.

Est-ce que je suis prêt ?

Est-ce que j'ai tout prévu ?

Il est pressé. Il n'a pas le temps. Il faut se dépêcher. Ne pas *dormir debout*, ce sont ses mots. Il faut le croiser à midi à l'Arc de triomphe. Ne rien dire à personne. Venir seul. S'assurer qu'on n'est pas suivi. Prendre un autre itinéraire que celui que nous empruntons habituellement. Ne pas arriver trop tôt. Attendre n'est pas un bon signe. On finit par se faire repérer. Venir à l'heure fixe. Pas une minute de plus. Pas une minute de moins. Tout va si vite. Il faut s'y faire. Avec Moki, c'est ainsi...

Moki est là.

Je ne réalise pas encore que c'est lui qui a facilité mon entrée en France. Je n'arrive pas à réaliser que c'est aussi lui qui m'a reçu et hébergé dans ce pays.

J'étais de ceux qui croyaient que la France c'était pour les autres. La France c'était pour ceux que nous appelions alors *les bouillants*. C'était ce pays lointain, inaccessible malgré ses feux d'artifice qui scintillaient dans le moindre de mes songes et me laissaient, à mon réveil, un goût de miel dans la bouche. Il est vrai que je labourais en secret, dans le champ de mes rêveries, le vœu de franchir le Rubicon, d'y aller un jour. C'était un vœu ordinaire, un vœu qui n'avait rien d'original. On l'entendait dans toutes les bouches. Qui de ma génération n'avait pas visité la France *par la bouche*, comme on dit au pays ? Un seul mot, *Paris*, suffisait pour que nous nous retrouvions comme par enchantement devant la tour Eiffel, l'Arc de triomphe ou l'avenue des Champs-Élysées. Les garçons de mon âge agui-chaient les filles en leur bassinant cette sérénade : j'irai bientôt en France, j'habiterai en plein Paris. Le rêve nous était permis. Il ne coûtait rien. Il n'exi-geait aucun visa de sortie, aucun passeport, aucun billet d'avion. Y penser. Fermer les yeux. Dormir. Ronfler. Et on y était toutes les nuits...

La réalité nous rattrapait. Les barrières se dres-saient, infranchissables. Pour moi, le premier obs-tacle était l'indigence de mes parents. Non pas que nous fussions des crève-la-faim, mais le voyage en France n'était pour eux qu'un luxe. On pouvait s'en passer. On pouvait vivre sans y avoir été. La Terre continuerait d'ailleurs à tourner. Le Soleil poursui-

vrait son bout de chemin, visiterait d'autres étendues lointaines, nous croiserait au même endroit,
dans nos plantations ou sur la place du marché,
pendant la période de l'abattage ou celle de la
récolte des arachides. Mes parents se ruineraient
inutilement en contribuant à une telle aventure.

Je devinais leur réponse :

– Qu'iras-tu foutre chez les Blancs ? Tu as abandonné tes études depuis longtemps !

L'autre obstacle était l'image négative que j'avais
de ma personne. Je me jugeais avec sévérité. Je ne
m'accordais aucune qualité. Je voyais les choses du
mauvais côté, n'imaginant que le pire.

Persuadé de n'être qu'un bon à rien, de n'avoir
pas le sens des initiatives, je me considérais comme
mou, flegmatique et sans caractère qui pût résister
aux vicissitudes d'une existence en dehors de mon
pays. Voyager pour chercher la réussite suppose
un état d'esprit bien affûté. On ne peut plus regarder derrière soi une fois qu'on se trouve au milieu
du fleuve de l'errance. Il faut nager à grandes bras-
ses, nager encore pour atteindre la rive.

Partir, c'est avant tout être à même de voler de
ses propres ailes. Savoir se poser sur une branche
et reprendre l'envol le lendemain jusqu'à la terre
nouvelle, celle qui a poussé le migrant à abandonner ses empreintes loin derrière afin d'affronter un
autre espace, un espace inconnu...

Pouvais-je partir ? Voler de mes propres ailes ?
Ce n'était pas sûr. J'étais habitué à vivre chez mes
parents. Là, le gîte et le couvert m'étaient assurés.
Je pouvais ainsi couver ma paresse à longueur de
journée sans qu'on ne me demande des comptes.

La France, à mes yeux, n'était pas un bon refuge pour les loirs et les escargots. Je l'assimilais à un monde où les horloges étaient en avance et où il fallait sans répit rattraper le temps, seule solution pour vivre. Elle avait besoin d'individus agiles, avertis et débrouillards comme Moki. Des *bouillants*. Des individus vifs, prompts à rebondir face à une situation inextricable, avec la célérité d'un moustique d'étang.

Je ne correspondais pas à ce profil-là...

                    *
                *   *

Je me souviendrai.

C'est ici et maintenant que je dois égrener cet effort de mémoire. Écarter cette nuit qui me brouille la vue. Gratter la terre, trouver les indices, les dépoussiérer et les mettre de côté afin de remettre les choses à leur place. Après, il sera peut-être trop tard...

Au commencement, il y avait le nom de Moki.

Je n'évoque pas celui de Préfet, l'homme que j'ai connu par son intermédiaire, un peu plus tard lorsque je me trouvais déjà rue du Moulin-Vert. Je n'évoque pas ce nom. Préfet. J'aurai le temps de m'en souvenir. Il ne s'en tirera pas ainsi. Il me suffira de souffler sur les braises de la réminiscence. Je verrai son visage réapparaître tel que je l'ai découvert ce jour-là en présence de Moki. Je me rappellerai tout de suite cette poignée de main chaleureuse, ces yeux qui roulent et l'odeur de l'alcool...

Je ne vois pour l'heure que Moki.

Lui qui est à l'origine de tout. Je suis certain que nos lignes de vie s'entrecroisent. Que ma propre personnalité s'est estompée, s'est étiolée au profit de la sienne. Que nous avons le même souffle, les mêmes aspirations, le même destin. Le même destin ? Oui, mais comment se fait-il qu'il ne se retrouve pas ici avec moi ?

Et si je n'étais que son ombre ? Et si je n'étais que son double ? Je me pose la question quelquefois. On ne se ressemble pas du tout. Physiquement, du moins. Il est plus grand que moi. Plus âgé aussi. Il est maintenant un peu plus en chair. Moi, je suis resté gringalet malgré les plats de semoule et de fécule que certains compatriotes avaient jugé utile de me recommander dès mon arrivée en France dans l'espoir que ce corps étique prendrait quelques kilos et cesserait de ternir l'image que le pays se faisait des Parisiens, les vrais : des hommes joufflus, à la peau claire et à l'allure élégante.

Non, nous n'avons aucune ressemblance physique, Moki et moi. J'ai vécu comme son ombre. J'étais derrière lui. Surtout les jours précédant mon voyage. Je n'étais qu'une ombre. L'ombre n'est rien en elle-même. Il lui faut une présence, une surface vierge afin d'imprimer ses contours. Il arrive qu'elle veuille errer librement. Qu'elle prenne une initiative. Je le sais. Mais elle se meut à ses risques et périls.

J'étais l'ombre de Moki.

C'est lui qui m'a façonné. À son image. Il avait cautionné mes songes par sa manière d'être. Une manière d'être que je n'oublierai pas...

*

* *

Je me rappelle ses multiples retours au pays alors que je n'avais pas encore mis les pieds en France. Ce pays de Blancs avait changé son existence. Il y avait une mutation, une métamorphose indéniables. Il n'était plus le jeune homme frêle dont on disait autrefois que, s'il était maigre comme une tige sèche de lantana, c'était parce qu'il mangeait debout et se couchait sur une vieille natte. Le fossé était béant. Ce n'était plus le même Moki. Il était robuste, radieux et épanoui. Je pus le constater avec un brin d'aigreur, le domicile de ses parents jouxtant le nôtre. Cette promiscuité m'obligeait à le voir partir et revenir tous les ans. Je suivais ses faits et gestes à la loupe. La France l'avait transfiguré. Elle avait cisaillé ses habitudes, lui prescrivant une autre manière de vivre. Nous le constatâmes avec convoitise.

Moki estimait qu'un Parisien ne devait plus habiter dans une masure comme la leur, une bicoque en planches d'okoumé surmontée d'un toit en tôles rouillées. Leur baraque, au bord de l'affaissement, obliquait vers la rue principale. Les passants, abasourdis, faisaient des spéculations, se demandaient par quel miracle elle parvenait à déjouer la vigilance des tempêtes de la saison des pluies. Ce n'était pas que le père de Moki fût resté indifférent à la vétusté de son habitat. Bien au contraire, des années avant, le vieil homme, prenant son courage à deux mains, avait entamé la construction d'une autre maison. Celle-ci serait en dur comme il en rêvait avant de partir à la retraite. Il acheta du sable, du gravier et quelques sacs de ciment. Ce n'était pas tout. Il fallait payer de la main-d'œuvre, pourvoir aux besoins des ouvriers. Au pays, on les nourrissait, on leur payait du *vin rouge de France*, on les invitait chez soi le soir avec leurs apprentis afin de les vouer corps et âme à leur besogne. C'était au propriétaire de faire la courbette, de courir après eux, de les supplier durant des mois. Les écervelés qui dérogeaient à ces usages voyaient leurs travaux lambiner pendant des lustres.

Le père de Moki était de ceux-là.

D'abord, il n'avait pu convaincre ce syndicat de paresseux de bouleverser ses méthodes de travail. La raison la plus évidente était plutôt du côté de sa tirelire. Ses intentions, faute de moyens financiers, se traduisirent par des réalisations timorées et dérisoires. Il avait simplement entassé des rangées de briques et tracé les soubassements. L'essoufflement se fit bientôt sentir. Ses poches se vidèrent plus tôt que prévu. Il ne sut à quel bailleur de fonds s'adresser. Tous lui claquaient la porte au nez. Ces ouvriers intraitables ne travaillaient pas à crédit. Les travaux s'interrompirent. Le vieil homme jeta l'éponge. Pour lui commencèrent alors les petites misères des propriétaires qui abandonnent les constructions avant leur achèvement. Les briques furent détournées de leur destination. Il délimita sa parcelle en les superposant les unes aux autres, escomptant redémarrer un jour les travaux. Il s'amusait à les compter le dimanche, jour de petits travaux dans la cour. Il recollait avec du ciment celles qui se désagrégeaient. C'était sous-estimer les bandes qui opéraient impunément la nuit : quelques jeunes et d'autres constructeurs ou futurs propriétaires de maison en dur à qui il manquait deux ou trois briques pour terminer une façade, une fenêtre, un escalier ou un puits d'eau. À la longue, la clôture du vieil homme se resserrait, se rétrécissait. Ses biens, lorsqu'ils n'étaient pas dérobés, se retrouvaient dans la rue. Les chauffeurs de gros camions aux freins endommagés en disposaient pour immobiliser leur véhicule. À cela s'ajoutait la mousse verdâtre qui recouvrait ces briques durant la saison des pluies.

Enfin, s'étant révolté un jour, il passa de maison en maison pour se plaindre et proférer des menaces quant à ces comportements qui, à son avis, étaient sciemment ourdis en vue de l'empêcher de terminer la construction de la plus belle villa du quartier...

Nous vîmes que c'était Moki, lors d'un de ses retours au pays, qui décida de la poursuite des travaux. Le Parisien surprit son père. Il nous surprit. Jamais on n'avait vu une initiative aussi diligente dans le quartier. Il loua les services d'une dizaine de maçons que des honoraires alléchants et payés d'avance incitèrent à travailler, de leur propre chef, depuis le matin jusqu'à très tard dans la nuit avec des lampes tempête tenues par des apprentis qui bâillaient de sommeil. Moki surveillait de près l'avancement de ces travaux. Il cédait aux caprices des ouvriers. Nous trouvions même qu'il les gâtait. Il les prenait chez eux en voiture, les ramenait la nuit, chacun devant son domicile. Il leur donnait tous les jours des pourboires. Il les félicitait sur le chantier pour une petite brique posée là ou bien une brouette de sable ramenée plus loin. Il entretenait des rapports de père à fils avec le plus âgé, le chef de ces entrepreneurs. Celui-ci l'appelait « mon fils », Moki lui répondait « mon père ». Il avait su toucher la sensibilité et l'orgueil de l'homme.

– Mon fils, la gorge devient sèche...

– Mon père, je vous ramène du *vin rouge de France*.

Le résultat ne se fit pas attendre.

Au bout de deux mois et demi, nous nous réveillâmes tous en face d'une immense villa blanche avec des fenêtres et des portes peintes en vert. L'éblouissement fut général. Nous n'avions pas eu conscience que ces façades, ces colonnes, ces poutres, ces dalles rassemblées, jointes, embellies aboutiraient à ce résultat frappant. Le tout s'était déroulé comme dans la reconstitution d'un puzzle. Briques soulevées, cassées en deux, en trois pour les fondations ; tonneaux d'eau roulés par les apprentis de la rivière à la parcelle ; sacs de ciment déchirés avec la pointe de la truelle ; sable fin et gravier ramenés tous les deux jours par une benne de la mairie de Pointe-Noire ; coups de marteau ici, coups de pioche là, coups de rabot sur cette planche, coup de pince sur les ferrailles ; couche de peinture sur les portes, les fenêtres ; coups de scie sur les chevrons en limba, essence de bois dont la robustesse légendaire garantirait la résistance de la toiture. Ces ouvriers étaient à la fois charpentiers, architectes, menuisiers, ferrailleurs, plombiers et puisatiers. Ils travaillaient à la chaîne.

De fil en aiguille, la maison naissait.

Elle apparaissait là, devant nous. On pouvait la contempler et mesurer le labeur de ces ouvriers qui s'étaient surpassés durant un laps de temps. Une immense villa. Elle se dressait, impériale, en quatre

pentes. Ses tôles en aluminium luisaient avec les
rais de soleil. Elle se distinguait de loin et dépassait
en hauteur les bicoques avoisinantes qui n'étaient
plus qu'un capharnaüm dont le désordre sautait
aux yeux comme dans une favela. Il y avait deux
mondes. Celui de la famille Moki et celui du reste
du quartier.

Cette impression de dualité de mondes s'accen-
tua lorsque Moki fit mettre l'électricité et une
pompe à eau dans leur parcelle. Rares étaient les
maisons éclairées et pourvues en eau potable. L'ins-
tallation de cette pompe à eau devint utile pour le
quartier. Nous payions une modique somme
d'argent pour recueillir au jour le jour deux ou trois
dames-jeannes d'eau. Les jeunes se réunissaient le
soir dans la rue principale, devant la villa, pour tirer
parti de l'éclairage et discuter toute la nuit jusqu'à
ce que le père de Moki vienne mettre le holà.

*
* *

Nous n'étions pas au bout de nos surprises.

Une année après la construction de cette villa,
nous vîmes arriver de la France deux voitures
Toyota que Moki affréta pour sa famille afin qu'elle
les rentabilise en taxis. Ainsi la famille vivrait à l'abri
du dénuement.

Le père de Moki était un homme humble et dynamique. Sa petite taille le complexait. On le ressentait par ses blagues sur les personnes de grande
taille, ses têtes de Turc de prédilection et par ce
sursaut d'orgueil qu'il exhibait avec démesure en
rappelant à tous ces oublieux de grande taille, que

lui, un petit homme de rien du tout, à peine un mètre soixante, avait mis au monde un fils grand, très très grand, insistait-il, pour le mètre soixante-dix de Moki. On lui rétorquait tout de suite qu'il faut être deux pour faire un enfant et que son épouse était plus grande que lui, ceci expliquait bien cela.

Cette taille médiocre était toutefois largement compensée par un caractère volontaire, opiniâtre, et par une voix grave et sépulcrale. Cette voix lui assignait aux yeux de tous une image de sage, en dehors même de sa barbe grise et fournie et de son crâne luisant où les cheveux rescapés de la calvitie se comptaient sur les doigts d'une seule main. Il portait d'habitude des vêtements traditionnels multicolores et roulait sur un *vélo-pédalé*. Le vieil homme avait vu son existence changer d'un coup. Il n'en revenait pas lui-même. Comme s'il avait été sonné. Sa promotion sociale avait pris de court la population. Elle s'était opérée en flèche, sans une obstruction : il entra au conseil du quartier et accéda, quelque temps après, à l'unanimité, à sa présidence. Son ascension suscita certes des remous dans les rangs des vieux du quartier. Mais on s'opposait dans l'ombre, dans les cases à palabres, pas en plein conseil du quartier où le vieil homme agitait sa canne traditionnelle pour exiger le silence. On n'osait pas l'affronter. Il était flagrant que ce n'était pas sa barbe grise et sa voix de baryton de gospel qui avaient motivé cette nomination à la hâte à la présidence du conseil du quartier. Bien des vieillards courtisaient inlassablement ce poste honorifique et leur barbe était aussi, sinon plus, blanche que la sienne. Certains ne l'avaient pas rasée depuis les premiers symptômes des poils blancs et la trimballaient ostensiblement sur la place publique tels des prophètes venus trop tard dans un monde où les divinités étaient réduites à faire du porte-à-porte elles-mêmes, pièce d'identité en main, en lieu et place de leurs disciples et saints. Il fallait autre chose pour convaincre les notables du quartier. Au pays, la candidature à la présidence du conseil est une affaire qu'on prend au sérieux. Des règlements de comptes entre candidats ont laissé des séquelles dans la mémoire des habitants. Selon les croyances ancestrales, les personnes âgées s'affrontent souvent la nuit par rêves interposés, chacun pénétrant par effraction dans le rêve de l'autre. La bataille est sans merci dans ce monde parallèle où il n'y a ni femmes ni enfants dans les parages. Le sommeil du vaincu peut lui coûter un billet aller simple pour la tombe. Aussi, quand on peut trouver un terrain d'entente, on opte pour cette voie de conciliation. Les vieux les plus prudents préfèrent ne pas s'y risquer et attendent qu'on les installe sur le trône sans aucune compétition. N'était-ce pas le cas du père de Moki ?

Il n'était pas le doyen de ces Mathusalem. Il lui fallait autre chose pour décourager la boulimie de ceux qui faisaient la queue depuis au moins un quart de siècle. Autre chose ? Par exemple un fils qui vit en France, un Parisien. La candidature du père d'un tel fils s'imposait d'elle-même. D'autres arguments plaidaient en sa faveur : le père de Moki était au courant de ce qui se passait en France. C'était un atout. Il avait eu la chance par ailleurs de fréquenter l'école coloniale quand les instituteurs – les vrais, disait-il – se recrutaient au cours moyen deuxième année contre leur gré. On vous fouettait pour aller enseigner dans un coin reculé de la brousse. C'était un devoir national. Pour le père de Moki, être arrivé jusqu'au cours moyen première année était une fierté, un exploit que ceux de son époque n'avaient pas égalé. Il écrivait et lisait le français couramment. Il aurait pu être instituteur si ses parents l'avaient soutenu une année de plus. En son temps il n'y avait qu'une seule école primaire dans tout le sud du pays. Elle était à cinquante-deux kilomètres de Louboulou, son village natal. On y allait à pied. On y restait une semaine, dans un internat où n'étaient accueillis que les meilleurs élèves ou ceux dont les parents connaissaient un chef de village ou un Blanc. Les pères et mères apportaient de la nourriture à leurs enfants. Hélas, au bout de quelques années, éreintés par des sacrifices financiers et alimentaires considérables, ils capitulaient, demandaient à l'enfant d'intégrer le champ dare-dare, de travailler avec eux. Le père de Moki interrompit ses études de la sorte. Il prit la houe et la machette, et se mit au service de ses parents.

Il fit par la suite comme les jeunes de son temps, il suivit le courant de l'exode rural et se retrouva dans ce quartier dont la ville la plus proche, Pointe-Noire, était à une cinquantaine de kilomètres. Il y résidait depuis une quarantaine d'années avec ses quatre enfants et son épouse. Il travailla tour à tour comme boy, puis facteur et réceptionniste au Victory Palace, un hôtel français du centre-ville. Son niveau d'études par rapport aux autres membres du conseil, la plupart des illettrés, le mettait au-dessus de tous. Il parlait de la France pendant les réunions du conseil. Un pays qu'il n'avait pas visité. Il était capable de leur citer sans bégayer les noms de tous les souverains et présidents qui se sont succédé là-bas depuis le Second Empire de Napoléon III jusqu'à nos jours. Il aimait particulièrement le général de Gaulle (*Digol*, prononçait-il), et il racontait, comme s'il s'y était trouvé, que le Général était venu à Brazzaville dans les années quarante et, avec le Comité d'Alger, avait organisé une conférence dans cette ville. À l'issue de cette conférence fut projetée une organisation nouvelle des colonies françaises d'Afrique noire. Ce fragment d'histoire, le père de Moki le narrait à chaque conseil du quartier.

– Le général *Digol* était grand. Très grand. Un peu plus grand que Moki, disait-il. C'est pour cela que j'ai donné le prénom de Charles à mon fils Moki.

Quelqu'un lui soufflait que le Général était bien plus grand de taille que Moki. Il lui rétorquait qu'il connaissait mieux que tout le monde le Général et qu'on pouvait douter de lui sur tous les Présidents français sauf sur le Général :

– Celui-là, il est à moi...

*
* *

Le père de Moki était conscient de son influence croissante. La vénération qu'on éprouvait à son égard commença à lui faire perdre la tête. Il se mit très rapidement à la page. Il délaissa tous ses vêtements traditionnels et préféra ceux *venus tout droit de Paris*. Il portait désormais un pantalon gris en laine vierge, bien repassé, avec des plis fermes. Pas de ceinture, plutôt des bretelles tricolores (bleu, blanc et rouge), une chemise de cérémonie blan-

che, un feutre noir et des chaussures Church égal-
lement noires. Du coup, il ressemblait au chanteur
de blues américain John Lee Hooker. Il déambulait
dans le quartier, le buste en avant, la tête relevée
et les deux mains dans les poches. C'était surtout
à vélo qu'il fallait le voir. Il roulait lentement, s'arrêtait pour saluer toute personne qu'il rencontrait
dans une intersection. Il donnait spontanément les
nouvelles de Moki. Il sortait une lettre, une carte
postale. Il disait que son fils venait tout juste de lui
écrire « *une très longue lettre en français de la France,
le français de Guy de Maupassant lui-même* ». « Quelles nouvelles ? » demandait-il comme si la question
lui avait été posée. « Mon fils va bien. Seulement, ils
sont actuellement en plein hiver, vous savez, l'hiver
c'est cette saison où les arbres sont endeuillés, les
oiseaux se font rares, les rues traînent une tristesse
et tout le monde, y compris les Blancs eux-mêmes,
s'engonce dans des vêtements lourds et chauds. La
neige tombe cette année, m'a dit mon fils. Oui, la
neige c'est... comment vous expliquer ça ? C'est
comme de la mousse de bière mais c'est un peu
plus dur que ça. Quand il y a de la neige, leurs routes là-bas sont impraticables. Les voitures ont du
mal à s'arrêter. Le froid peut tuer. Il faut consom-
mer beaucoup de boissons chaudes et ne pas mettre son nez dehors... »

Il récitait ces paroles comme un enfant qui avait
bien appris sa leçon. Il savait marchander l'évasion à
la foule qui l'écoutait. Il n'oubliait surtout pas de
préciser la date exacte du retour de son fils au pays...

*
* *

Nous le savions, Moki ne retournait au pays que pendant les vacances de la saison sèche, entre juillet et septembre. C'était le moment des fêtes. La période la plus agitée du pays. Tout allait soudain si vite. Les jours, les semaines, les mois s'écoulaient à une cadence vertigineuse. L'arbre du temps ne nous laissait pas savourer à satiété ses fruits. Était-ce parce que cette période était la plus attendue de l'année ? Certainement. Dans le quartier, le moindre brouhaha appelait un attroupement. Une rixe était l'alibi idéal pour que la population se retrouve dans la rue. Nous sortions, non pas pour stopper l'échauffourée, mais dans l'espoir que le spectacle tire en longueur.

Cette soif effrénée de liesse aboutissait à des situations inimaginables lorsque j'y repense avec un peu de distance. Un enterrement n'avait plus ce décor lugubre qu'on lui connaissait avant. On riait, on s'esclaffait plus qu'on ne pleurait. On jouait aux dés, au damier et aux cartes. On consommait de la bière, du vin de palme et de l'alcool de maïs toute la nuit. On se fixait rendez-vous là, à quelques mètres du cadavre, derrière le hangar en feuilles de palmier où pleurnichait la famille éprouvée qui n'en pouvait mais. La dépouille n'était plus qu'un prétexte. C'était tout juste si nous n'implorions pas le ciel que chaque semaine un vieillard rendît son âme pour nous assurer un moment de rassemblement et de défoulement collectif. La population du quartier décuplait. S'y ajoutaient les vacanciers des villes et villages des environs.

Nous étions tous au courant. Moki allait revenir de Paris. Son père n'avait tu le secret à personne.

Le quartier n'avait plus que la nouvelle du retour de son fils sur la bouche. On attendait de pied ferme le Parisien. Ce jour était un jour béni. Un événement. Pour preuve, l'agitation soudaine des parents et frères de Moki. La famille du Parisien ne lésinait pas sur les préparatifs. L'heure était aux grands travaux. Chacun retroussait les manches. On balayait méticuleusement la cour. On arrosait une partie de la rue, devant la propriété, trois fois par jour. Aucune feuille de manguier par terre. On aménageait la chambre du Parisien, dont la porte donnait sur la rue principale. On repeignait les pieds des arbres qui bornaient la propriété. On lavait tous les soirs les deux taxis. On installait une petite table en lianes sous le manguier, au milieu de la cour. C'est là que le Parisien prendrait ses repas. Il mangerait *à l'air libre*. En réalité, c'était pour qu'il prenne ses repas au vu et au su de tous. Ces détails avaient toute leur importance pour le père de Moki. Son fils, disait-il, ne mangeait pas comme le dernier des paysans du quartier. Ceux-ci, affirmait-il, avalaient de gros morceaux de manioc avec un peu de poisson salé, juste un peu comme l'auriculaire d'un enfant. Ils buvaient deux litres d'eau ensuite. Ce qui comptait, c'était que leur ventre fût plein. Le père de Moki, lui, détaillait le repas de son fils qui mangeait convenablement : il prenait un apéritif, une entrée, un plat, du *vin rouge de France*, du fromage, un dessert et du café. Comme en France, chez *Digol*...

Le vieil homme s'activait, passait des nuits blanches à préparer l'arrivée de Moki. Il n'utilisait plus son *vélo-pédalé*. Pour gagner du temps, il se déplaçait dans un des deux taxis. Il mobilisait un chauffeur pour la circonstance. Il mettait ses plus beaux vêtements, *venus tout droit de Paris*. Il s'investissait, prenait personnellement à tâche les courses à faire. Nous le connaissions affable, souriant et attentif à l'égard de la population. Il rangeait toutes ces qualités au vestiaire et affichait une austérité implacable.

Son chauffeur n'était plus qu'un bouc émissaire. Le pauvre essuyait toutes ses colères. Le vieil homme aboyait des ordres contradictoires. Il lui disait de garer la voiture ici, puis là, puis plus loin encore, avant de décider finalement de la garer au premier endroit. Il lui intimait l'ordre de rester dans la voiture, le moteur en marche. Lorsque le véhicule roulait, le père de Moki dictait lui-même au chauffeur quelles vitesses passer. Il lui répétait d'embrayer d'abord et de freiner ensuite avec précaution. Les deux hommes avaient l'air d'être en plein cours de conduite. « Vire à gauche ! Clignote ! Klaxonne ! Ne lui donne pas la priorité, tu ne vois pas que sa voiture est plus vieille que la nôtre ! Double-moi cet imbécile qui nous envoie de la fumée en pleine gueule ! Qui c'est cet hurluberlu qui veut nous doubler ? Fonce, ne le laisse pas te dépasser, allez, fonce, fonce, fonce, je te dis !... »

Dans une telle tension, le père du Parisien accusait dix ans de plus. Des rides profondes zébraient son visage. Une grosse veine qui partait de son front scindait son crâne en deux. Ses yeux étaient rouges, ses paupières alourdies par des cernes et des poches de chair immobiles. Il suait, s'épongeait avec son feutre. Il s'égosillait, devenait irascible, atrabilaire au fur et à mesure que la date butoir pointait à l'horizon. Il prenait un calendrier, rayait les jours écoulés, comptait ceux à venir, soulignait le jour J en rouge, griffonnait quelque chose. Il n'était pas du tout satisfait. Il manquait un petit détail. Il s'en plaignait. La cour était mal balayée ? N'y tenant plus et après avoir réprimandé son épouse et ses fils, il se saisissait d'un balai à long manche. Il se pointait, droit comme un I, devant sa propriété, l'œil rivé sur les manguiers. Il traquait les feuilles qui tombaient. Il s'en prenait aux arbres, leur promettait le bûcher s'ils persévéraient à laisser choir leurs feuilles mortes à chaque saute d'humeur de la bourrasque. Ainsi commençaient ses longs monologues. Des paroles sans tête ni queue. Des rires sonores qui nous faisaient croire qu'il n'était plus de ce monde. Aux réunions du conseil du quartier, les pauvres notables étaient dépaysés par ses récits sur Paris, la France et la bravoure de l'homme du 18 Juin :

– *Digol*, un grand homme comme il n'en existe plus de nos jours. Des hommes comme lui, il n'y en a qu'un seul par siècle. Et encore, il y a des siècles où le destin fait une impasse sur ses réserves d'hommes géants.

La voix du vieil homme se chargeait d'une émotion sincère. Ses yeux scintillaient de fidélité, une fidélité aveugle et ancrée au fond de son âme.

– Souvenez-vous, mes amis, *Digol* a carrément refusé l'armistice de 1940 et le gouvernement de Vichy. Il a lancé à Londres un appel inoubliable pour poursuivre sans relâche les combats contre les nazis. Comment parler de la Résistance sans apercevoir sa stature de filao dont la cime est auréolée de toutes les victoires qu'il a gagnées pour la grandeur de la France ? Après ça, quelques jeunes

ingrats ont voulu lui chercher les poux dans la ton-
sure en mai 1968. C'étaient des groupuscules d'étu-
diants et de syndicats. Là encore, *Digol* a montré
qu'il était géant en quittant le pouvoir une année
plus tard puisque ces Français oublieux osèrent
s'opposer à lui dans un bras de fer où ils repoussè-
rent une nouvelle voie qu'il leur proposait par réfé-
rendum...

*
* *

Le soir, rompu, la voix éteinte, le vieil homme
passait une main tremblotante sur son crâne, sortait un fauteuil en peau de léopard et s'y vautrait.
Il croisait ses jambes frêles, rajustait ses bretelles,
bourrait sa pipe et tirait de longues bouffées.

Il ronflait déjà.

Son épouse, silhouette à peine perceptible
devant la personnalité marquée du vieil homme, le
remuait timidement. La lune était juste au-dessus
d'eux, ronde et altière : la saison sèche avait mûri.

Le fils arrivait...

Moki était arrivé.

Un remue-ménage devant leur villa. Des attroupements. La rue grouillait de monde. La lumière éclairait leur parcelle toute la nuit.

Le premier jour du Parisien au pays était le jour des membres de la famille. Même les plus éloignés descendaient vite des branches de l'arbre généalogique et répondaient présents ce jour-là. Ils craignaient que l'hypothétique manne que Moki avait ramenée de la France ne leur échappât faute d'être présents. Les précautionneux, lorsqu'ils ne pouvaient s'y rendre pour cause de maladie, se faisaient représenter par leurs fils. Les oncles maternels et paternels, les tantes, les grands-pères, les grands-mères, voire les ressortissants du même village que le père ou la mère de Moki débarquaient tous. Quelques-uns – ils étaient rares – apportaient des présents : une poule, un porc ou un sac d'arachides. Tous ces animaux gambadaient çà et là dans un concert de caquètements et de grognements stridents.

D'autres membres de la famille, la majorité, venaient les bras ballants, tablant sur le droit d'aînesse ou la proximité de leur lien de parenté, qu'ils extériorisaient par des familiarités qui, à la longue, ne manquaient pas d'agacer l'assistance. Les membres de la famille siégeaient en petite assemblée dans la cour, mendiant l'un après l'autre les faveurs du Parisien.

Celui-ci écoutait les doléances de chacun, acquiesçant ici, blâmant là, consolant plus loin. Au bout d'un moment, il s'ennuyait. Il regardait les oiseaux se poser sur le manguier. Il écrasait les mouches sur la table. Il était ailleurs. Mais il ne pouvait quitter cette assemblée au risque d'offenser la famille.

Voilà qu'un oncle paternel, passant du coq à l'âne, se plaignait de la mauvaise récolte de l'année écoulée pour justifier son arrivée les mains vides pendant qu'un grand-père, l'œil embué, expliquait à son tour qu'il était resté un mois à l'hôpital Adolphe-Cissé sans une visite de tous ces membres de la famille aujourd'hui réunis. Des murmures de réprobation s'élevaient. On lui faisait comprendre que l'heure n'était pas au déballage des querelles intestines. Qu'ils régleraient tout ça entre eux. Une tante souhaitait discuter en aparté avec Moki, semblait-il, pour lui faire part d'un rêve qui lui revenait à maintes reprises à son sujet après chaque départ du Parisien pour la France...

Le père de Moki gérait tout ce monde du regard. Il ne pouvait les mettre dehors, même s'il les prenait pour des gêneurs. Les chasser comme des mouches porterait la guigne à son fils. La réussite d'un membre de la famille chez nous n'est pas une affaire de deux ou trois personnes. Elle doit profiter à tout le clan, au sens le plus large possible. Ce n'était pas

au vieil homme qu'on devait rappeler les exemples
innombrables de parents égoïstes ayant subi les tracas de la malédiction : la mort de leur fils et les
funérailles auxquelles personne n'avait assisté.
L'adage populaire à ce sujet est connu de tous :
« *L'argent n'a jamais pleuré un mort.* » Le père de
Moki était soucieux des traditions. Il les respectait
scrupuleusement. L'hospitalité était, pour cela, le
premier des principes. Laisser la porte ouverte à
tout instant de la journée. Préparer pour plus de
bouches que ne compte la maison. S'attendre à tout
moment à des visiteurs. Ne pas leur poser de question imprudente du genre :
– Avez-vous déjà mangé ?
Mais leur dire plutôt :
– Prenez place, on va vous apporter de la nourriture et de l'eau fraîche...
À la question « *Avez-vous déjà mangé ?* », la plupart des visiteurs, le sourire jaune, répondraient
par un « *Oui* » à peine murmuré sous la moustache.
Ils ravaleraient malgré eux la fringale qui leur noue-
rait l'estomac. Ce supplice traduit leur désir de ne
pas se rabaisser en répondant par la négative à
cette question. Qu'on ne s'y trompe pas, par « *j'ai
déjà mangé* », il faut entendre que la rancœur est là
qui serre la gorge. Plutôt mourir de faim que de
donner une réponse humiliante, même si la veille
ils ne se sont rien mis dans la bouche. Ils s'en vont,
l'œil rouge de contrariété, l'estomac bourdonnant
de bruits ininterrompus. Ils se considèrent évincés,
ridiculisés, diminués comme de vulgaires chiens
qui rentreraient leur queue entre les jambes. Ils
iront aussitôt raconter dehors qu'on ne leur a pas
proposé à manger, même pas un gobelet d'eau fraî-

che, et ainsi naîtra un conflit familial susceptible de traverser plusieurs générations...

Le vieil homme n'ignorait pas non plus que, dans la conscience populaire du pays, la chance et la réussite n'étaient que l'aboutissement de la bénédiction de tous les membres de la famille, fussent-ils les plus éloignés. Il avait le devoir de supporter quelque temps ces parasites. Ils finiraient bien par repartir. Encore ne fallait-il pas leur demander la date de leur retour. Une telle question les outragerait irrémédiablement. Ils plieraient bagage de suite et secoueraient la poussière de leurs chaussures devant la propriété en signe de malédiction. Alors le père de Moki s'en accommodait. Il ouvrait sa porte, sortait de vieilles nattes et les étendait à même le sol. On préparait les repas dans de grosses marmites en aluminium. Pourtant, on lisait une légère crispation sur le visage du vieil homme. Il la camouflait. Il se mêlait incidemment dans une conversation véhémente, s'en détournait, regagnait son fauteuil en peau de léopard, croisait ses jambes et bourrait sa pipe. Il fumait les yeux fermés. Il ne dormait pas pour autant. Il revenait servir à ses convives de la bière et du *vin rouge de France*. On buvait, on s'égosillait, on rappelait l'enfance du Parisien. La tante, éméchée par le vin de palme, se souvenait que son neveu avait déféqué sur elle à quatre mois. L'oncle se vantait d'avoir vu la première dent de Moki. Un cousin éloigné soulignait qu'ils avaient joué aux billes et au football avec un ballon en chiffons que Moki savait fabriquer en ce temps-là.

Le soir, on se serrait pour dormir au salon. En effet, une moitié de la famille passait la nuit là. Sur-

tout ceux qui venaient de très loin. Les autres ren-
traient chez eux et revenaient très tôt le lendemain...

Le deuxième jour, les conversations étaient épui-
sées. Elles tournaient autour du temps, de la façon
de décortiquer rapidement les arachides, de paître
le bétail en saison sèche, des mœurs de ces jeunes
filles qui revenaient des grandes villes avec des
jupes qui exposaient tout leur derrière dehors. Ces
conversations se déroulaient dans l'unanimité
absolue. Elles s'enlisaient. Les blagues et plaisante-
ries n'accrochaient plus les esprits. L'assemblée
guettait plutôt les gestes du Parisien. Un silence par-
courait l'assistance. Ce silence pesant signifiait
qu'on attendait de passer enfin aux choses sérieu-
ses.
Qui n'y pensait pas ?
Moki procédait alors à la distribution de petits
cadeaux. La famille était attentive à ce partage. Chacun épiait du coin de l'œil ce que recevait l'autre
afin de le comparer avec son propre présent. Le
toussotement simulé d'un patriarche impotent voulait dire qu'il était lésé dans l'affaire et qu'il fallait
reconsidérer le partage. Le Parisien revenait sur
son lot, rajoutait deux ou trois bibelots. Le vieillard
soufflait de ravissement. Le partage était pour Moki
un exercice complexe et périlleux. Son père inter-
venait en amont, en toute discrétion. Il l'alertait, fort
de son expérience :
— Fais attention à ce que tu donnes aux vieux.
Ces gens n'attendent qu'un faux pas pour agir dans
les ténèbres. Rappelle-toi l'histoire du fils de Kombo
mort parce qu'il n'avait pas offert une torche à son

vieil oncle. Certes, c'est un cadeau ridicule aux yeux
de certains, mais cette torche lui aurait servi pour
la chasse et pour repousser les mauvais esprits
quand les ombres de la nuit nous envoient les dia-
bles des villages voisins...

À la fin, tout le monde repartait avec *un petit quelque chose de la France* et rendait grâce d'abord au
père du Parisien puis à celui-ci, en lui souhaitant
bonne chance. La même phrase revenait :
– Merci beaucoup Moki, à l'année prochaine...
Le père du Parisien pouvait enfin respirer, les
gêneurs avaient déguerpi.
Il bénissait son fils, le faisait passer entre ses jambes, lui touchait la tête et lui demandait d'embrasser le sol. Ce qui n'étonnait plus le Parisien. Chaque
année, chaque saison sèche, il reprenait le même
rituel. Le rituel de la chance et de la réussite...

*
* *

Moki était arrivé.
Ce que nous remarquions de prime abord, c'était
la couleur de sa peau. Rien à voir avec la nôtre, mal
entretenue, mangée par la canicule, huilée et noirâtre comme du manganèse. La sienne était blanchie
à outrance. Il arguait que l'hiver y était pour quelque chose. Plus tard, en France, je sus qu'il s'appliquait sur tout le corps des produits à base d'hydro-
quinone. Les jeunes du pays qui s'ingéniaient dans
leur cécité irréversible à singer les Parisiens, se
rabattaient sur les produits bon marché fabriqués
en Afrique comme les Ambi rouge ou Ambi vert. Le

résultat n'était pas le même. Ils n'égalaient guère l'éclat de la peau d'un Parisien. La chaleur suffocante du pays accélérait les effets secondaires. Les imitateurs écopaient d'allergies, de rougeurs et de caillots de sang sur le visage.

L'allure de Moki était leste, feutrée. On aurait dit la chute d'une boule de coton sur le plancher. Il devait marcher au ralenti, en suspension. Chacun de ses mouvements se décomposait dans une élégance détaillée. Aucun geste, aucun mouvement n'était de trop. Tout était programmé au millimètre près. Cette élégance perturbait la quiétude des jeunes filles du quartier. Elles ne parlaient que du Parisien. Elles s'attroupaient dans la rue principale pour le voir passer, lui lancer un bonjour timide et dévot. Elles l'épiaient, suivaient ses allées et venues, faisaient des pronostics sur son emploi du temps...

Durant la première semaine, Moki passait son temps sous le manguier, dans la cour, là où son père lui avait installé la table à manger. Le père et le fils discutaient, voyaient ensemble ce qui manquait à la maison. Le vieil homme affichait une mine de bonheur infini. Il portait des vêtements neufs, essayait dehors un téléviseur, un des cadeaux que lui avait offert son fils. Il ne quittait plus le Parisien. Ces conversations s'étalaient au moins sur une semaine.

Par la suite, l'emploi du temps de Moki était fort simple. S'asseoir sous le manguier. Sortir lorsqu'il était l'invité des filles du quartier.

Le matin, il lisait des journaux parisiens qu'il avait ramenés du nord : *Ici Paris*, *Paris Match*, *Le*

Parisien... Il gardait sur lui son peignoir en soie avec des motifs en taffetas. Des jeunes gens du quartier, ses amis d'enfance, venaient lui couper les cheveux. Ils monnayaient ces services contre quelques objets de Paris. Et pas n'importe quels objets ! Moki les gratifiait de petites cartes de métro parisien. Ils exultaient. Ils ne comprenaient pourtant pas ces itinéraires emmêlés, ces lignes numérotées et si entre-croisées qu'on aurait dit la carte hydrographique de la Chine. Ils surprenaient le Parisien lui-même. En effet, certains autochtones décrivaient avec un talent inégalable les lignes du métro, station par station, à croire qu'ils avaient séjourné à Paris. D'autres s'attribuaient pour pseudonymes les noms de ces stations. Tel se surnommait Saint-Placide. Tel autre Strasbourg-Saint-Denis. Tel autre encore Colonel Fabien ou Maubert-Mutualité. Ils adjoignaient à ces pseudonymes le mot « Monsieur ». *Monsieur Saint-Placide, Monsieur Strasbourg-Saint-Denis, Monsieur Colonel-Fabien, Monsieur Maubert-Mutualité.*

Moki leur fournissait également des cartes oranges vierges. Ils y collaient leur photographie et épataient les filles les plus naïves.

La chaleur locale indisposait désormais le Parisien. Même ce soleil tempéré de la saison sèche. Il ne mangeait plus le manioc ou le foufou, aliments de base du pays qui l'avaient fait grandir. Il leur préférait le pain. Le manioc et le foufou n'avaient aucune vertu diététique, constatait-il. Il regardait maladivement tout ce qu'il mettait dans sa bouche.

Nous admirions sa manière de parler. Il parlait un *français français*. Le fameux français de Guy de

Maupassant, auquel faisait allusion son père. Il prétendait que nos langues étaient prédestinées à mal prononcer les mots. Nous ne parlions donc pas le vrai français. Ce que nous considérions comme le français avec notre accent de rustre, un accent brutal, sec et heurté, ne l'était pas en fait. C'était une suite inintelligible du *firofonfon naspa*, du petit-nègre d'ancien combattant présomptueux et collectionneur de médailles. Nous l'écoutions avec plaisir, médusés et convertis. C'était un moment intense que de l'écouter parler. C'est lui qui nous apprit que même ces imbéciles qui nous présentaient le journal à la télé et à la radio au pays ne parlaient pas le vrai français de France. Lui, Moki, ne saisissait pas ce qu'ils racontaient.

– Il y a une grande différence entre parler *en* français et parler *le* français, clamait-il sans développer sa pensée.

Nous acquiescions. Entre nous, c'était à qui pouvait mieux l'imiter. On s'y essayait. Personne n'y échappait, pas même ses trois frères dont l'aîné était un fonctionnaire des Postes et Télécommunications au centre-ville, à Pointe-Noire. Et puis, il y avait le choix des mots. Le Parisien employait *les gros mots*. Il faut entendre par là tous ces mots qui caressaient agréablement l'oreille et qui étaient susceptibles d'émerveiller l'auditoire. Aussi, entre un mot simple, plus précis, et un mot grandiloquent, il optait pour celui-ci, quelle qu'en eût été sa signification...

Moki ne se déplaçait pas à pied.

Il n'avait pas à s'humilier en s'empêtrant dans le sable et la vase des ruelles comme un vulgaire autochtone. Non, il n'en était pas question. Il n'avait pas à se rabaisser jusqu'à ce point-là, d'autant plus qu'il possédait deux taxis. Il en réquisitionnait un. Le chauffeur, le même que celui de son père, se bombait les pectoraux. Il proclamait sur tous les toits qu'il avait été choisi comme conducteur du Parisien. Le roi n'était plus alors son cousin. Nous voyions la voiture écumer le quartier toute la journée. Le chauffeur ne se lassait pas d'ouvrir et de refermer la portière à Moki. Il prenait un malin plaisir à accomplir son labeur. Le zèle le poussait à allumer les feux de détresse pour signaler la présence du Parisien dans la voiture. Il mettait la musique à fond, baissait les vitres et faisait danser le véhicule par des coups de freins fermes et réguliers. Pour un rien, il klaxonnait et lançait des injures à ceux qui lui obstruaient le passage. Il s'estimait prioritaire quoi qu'il en fût. Il n'avait pas à ralentir à l'approche des intersections. Quand Moki sortait de la voiture pour entrer dans la boutique d'un Ouest-Africain du coin, le chauffeur zélé, pendant ce temps, prenait un chiffon et un produit de nettoyage. Il s'acharnait nerveusement sur les vitres de la voiture jusqu'à en obtenir l'éclat qu'il jugeait impeccable. Il s'éloignait de l'automobile à grands pas pour la contempler à distance. Il revenait à la même vitesse, le regard fixé sur un point qu'il venait de déceler sur le pare-brise. Il y aspergeait vigoureusement une dose surabondante de produit et lustrait la vitre en vociférant des paroles méchantes contre sa propre personne. C'était tout juste s'il ne donnait pas un coup de poing sur la vitre.

Moki revenait.

Le chauffeur, dans un élan d'obséquiosité, se cassait en deux, puis en quatre, pour ne pas passer devant le Parisien. Il se ruait sur la portière, la lui ouvrait, le sourire déployé jusqu'aux oreilles. Il démarrait à toute vitesse, non sans avoir exécuté une de ses spécialités : un grand huit dans un banc de sable sous une salve d'applaudissements des groupies embusqués dans le voisinage...

Moki recevait du monde. En réalité, il dictait des consignes drastiques à ses petits frères afin de bien sélectionner ses visiteurs. Les jeunes filles étaient épargnées par ce désagrément. Les portes de la villa leur étaient ouvertes à tout instant. Elles en abusaient. Elles accouraient. Puisqu'il leur fallait un mobile pour justifier leurs visites intempestives, elles affirmaient toutes venir *prendre des nouvelles de la mode féminine à Paris*. Elles arrivaient très tôt le matin, restaient une demi-journée, allant jusqu'à aider la mère de Moki à faire ses courses, à préparer la nourriture, à arroser et à balayer la cour.

Il n'était plus rare d'apprendre que dans telle ruelle du quartier, à telle heure, des jeunes filles s'étaient âprement affrontées, toutes griffes dehors, à cause du Parisien.

Et puis, il y avait toutes ces demoiselles moins entreprenantes, désavantagées par une timidité maladive. Elles étaient les plus fragiles. Leurs sentiments languissaient dans l'ombre. Elles n'osaient pas approcher le Parisien. Elles patientaient, escomptant une initiative personnelle de celui-ci. Elles pouvaient toujours attendre.

Beaucoup de filles détenaient des photographies de Moki à Paris. Elles achetaient ces images à prix d'or et parfois, *en avantage en nature*, selon notre expression consacrée.

Qui était derrière ce trafic de photographies du Parisien ? Ses deux frères puînés, bien sûr. Ceux-ci se proclamaient porte-parole de leur aîné. Ils ne juraient plus que par son nom. Seul Moki détenait la vérité sur Paris. Les autres Parisiens, moins célèbres au pays, n'étaient que de vils menteurs. Les frères de Moki étaient serviles. De vrais automates. Ils ne parlaient plus en leur propre nom. Ils se permettaient de nous parler de la France, de nous faire la morale comme leur frère l'aurait fait. Cette dévotion de leur part avait une contrepartie. Le Parisien *les habillait*. Il leur offrait les vêtements qu'il avait déjà portés. Les frères se les passaient l'un après l'autre. Ces habits étaient convoités par les *frimeurs* du quartier. Ils proposaient aux frères du Parisien de les *miner*. *La mine*, répandue dans le pays, consistait à emprunter des vêtements, moyennant une somme d'argent, pour un rendez-vous ou une soirée. On devait se lever de bonne heure pour *miner* ces habits. La demande dépassait l'offre. Le mieux était d'être parmi les premiers *mineurs* et, ainsi, ne pas avoir à porter ces vêtements après que tous les jeunes *frimeurs* du quartier les eussent revêtus. Les plus avertis réservaient une année à l'avance. Le prix était élevé. C'était le coût de l'exclusivité. Ce n'était pas donné à tout le monde...

Les frères de Moki profitaient du règne de leur aîné pour imposer le leur. Tout jeune qui rêvait de discuter avec le Parisien devait transiter par eux. Deux frères inséparables. Si inséparables que nous les surnommions, en secret cela s'entend, Dupond et Dupont, comme dans les aventures de *Tintin*. Ceux qui se hasardaient à les appeler de la sorte à haute voix compromettaient définitivement leurs chances d'approcher le Parisien un jour. Les exigences de ces frères croissaient au rythme des sollicitations. Ils devenaient insupportables, vaniteux, plus royalistes que le roi, califes à la place du calife. Ils vous méprisaient pour un oui ou pour un non. Leur outrecuidance atteignait le sommet de l'art. Ils protégeaient leur domaine réservé, leur pré carré. Ils flânaient près du manguier de la cour. Ou alors ils montaient une garde prétorienne devant la porte de la chambre de leur frère qui se reposait. Dès qu'ils entendaient, ou croyaient entendre son toussotement, ils accouraient tous les deux s'enquérir de la situation. Ils se relayaient l'un et l'autre pour que la villa fût gardée en permanence. Tout visiteur masculin indésirable était évincé de façon musclée.

Les deux cerbères étaient débordés. Ou plutôt, ils donnaient l'impression de l'être. Ils étaient ici. Ils étaient là. On ne voyait plus qu'eux. Parfois en taxi avec leur père, chef d'orchestre qui levait de plus en plus haut sa baguette pour signifier qu'il avait la situation en main et qu'il fallait compter avec lui.

Dupond et Dupont possédaient chacun un Vélosolex. Ils roulaient dessus, tirés à quatre épingles. Ils contenaient mal leur satisfaction. On décryptait à leurs fausses manières l'image qu'ils se faisaient d'eux-mêmes. À leurs yeux, les jeunes du quartier n'étaient que de pauvres minables, des cafards qui devaient ramper sous leurs ordres. Leur pouvoir ? Ils étaient les frères directs du Parisien, et donc des Parisiens par ricochet, des Parisiens potentiels. Les filles l'avaient compris. Il valait mieux enterrer la hache de guerre avec ces deux-là. Sinon, ils en tireraient les conséquences le moment venu...

Les filles étaient prêtes à tout pour décrocher un rendez-vous avant leurs concurrentes. Afin d'être les mieux placées dans la course et ne pas se faire doubler dans la dernière ligne droite, elles corrompaient Dupond et Dupont. Ceux-ci plaidaient pour elles auprès du Parisien. Elles sollicitaient un rendez-vous dans une buvette, ces lieux publics de consommation et de restauration qui fourmillent dans le pays. Là, les gens boivent, mangent, discutent et écoutent de la musique dehors, assis sur des tabourets autour des tables. Il allait sans dire que les filles en auraient pour leur argent, une fois le rendez-vous accepté par Moki. Elles présumaient que les retombées ne seraient pas négligeables. Autrement, elles se contenteraient d'une visite au domicile du Parisien, où elles étaient accueillies quand elles le désiraient. Mais qui les verrait discuter dans une maison ? C'était l'apparat qui les mobilisait ainsi. La buvette était l'endroit rêvé pour qu'elles soient vues de tout le monde en train de manger des grillades de poissons, de prendre un pot en compagnie du Parisien. Ces rendez-vous étaient aussi une aubaine pour Moki qui allait marquer son influence, parler de lui, de Paris, et de ses exploits de dandy du temps des Aristocrates, un club de jeunes élégants du quartier dont il avait été jadis le président.

Relatait-il des événements véridiques ou menait-il en bateau son auditoire ? Personne ne pouvait répondre à cette question.

*
* *

Ces rendez-vous avec les filles dans une buvette se passaient vers la fin de l'après-midi. Les demoi-selles l'attendaient depuis des heures. Elles s'angoissaient à l'idée que le Parisien change d'avis au dernier moment et se rende à un rendez-vous plus alléchant de leurs concurrentes. Moki arrivait sans le moindre mot d'excuse pour son retard. Les filles se confondaient en remerciements. Elles dévo-raient le Parisien des yeux et appréciaient à voix basse son habillement. Il avait un faible pour le lin, ce tissu dont il disait qu'« *il se porte avec gentillesse et se froisse avec noblesse* ».

Au cours d'une de ces rencontres, comment ne pas m'en souvenir, j'étais là, derrière la foule ; le Parisien nous émerveillait tous. Ce n'était pas, pour moi, la première fois. Je ne me lassais pas d'accou-rir lorsque j'apprenais qu'il était invité dans une buvette par les filles.

Ce jour qui me revient à l'esprit, il était vêtu d'un costume sur mesure de Francesco Smalto. Une che-mise très transparente laissait deviner sa peau blan-chie une fois qu'il avait tombé la veste publique-ment. Sa cravate en soie arborait des motifs minuscules de la tour Eiffel. Il ne chaussait que des Weston et était le seul au pays à en posséder en crocodile ; le prix d'une paire était l'équivalent du salaire d'un ministre d'État du pays. Ses frères, qui l'accompagnaient, se noyaient dans des vêtements amples tels des *zouaves*, ces fameux soldats du corps d'infanterie française créé en 1831 en Algérie

qui portaient de larges culottes bouffantes aux couleurs resplendissantes.

Pour mettre les pantalons de leur aîné, Dupond
et Dupont employaient des astuces cocasses. Ils
portaient d'abord plusieurs culottes et enfilaient
ensuite le pantalon au-dessus. Celui-ci dépassait en
longueur ? Qu'à cela ne tienne, ils fabriquaient eux-
mêmes des ourlets provisoires à l'aide de trombo-
nes.

Dupond et Dupont jouaient un rôle de premier
plan dans la réussite de ces rendez-vous. Chacun
avait une tâche précise. Un d'eux ouvrait la portière
de la voiture. L'autre tenait une ombrelle au-dessus
de la tête du Parisien. Pas de rayon de soleil sur sa
peau fragile. Aussitôt qu'il était hors du véhicule,
s'avisant que les regards étaient braqués sur lui, il
se livrait à une démonstration proche d'un défilé
de mode, au grand bonheur des fanatiques qui
assiégeaient la buvette. Il déboutonnait sa veste, la
remettait à l'un de ses frères derrière lui. Sous la
chemise transparente, la peau éclaircie, presque
pâle, sans irritations et autres allergies sévissant
sur les imitateurs locaux. Cette métamorphose stu-
péfiait la foule. Le Parisien rajustait son pantalon
jusqu'au nombril. Le geste était gourmé, compassé
et étudié en vue de mettre en valeur ses chausset-
tes qui s'assortissaient à sa cravate. Un de ses frères lui tendait des lunettes de soleil Emmanuelle
Khanh, non pour les porter, mais pour les poser
légèrement au-dessus du front. Un torrent de bra-
vos s'ensuivait. Les filles oubliaient ces longues
heures de patience et éructaient de frénésie.

Pendant ce temps, la voiture de Moki était garée
en face de la buvette avec, à l'intérieur, le chauffeur

zélé. Celui-ci feignait de tuer le temps en parcourant une bande dessinée de *Tex Willer*, qu'il cachait dans la boîte à gants. Il sortait de temps à autre de la voiture, s'adossait contre l'automobile et se prenait aussi pour la vedette du jour. Il attendait. Il attendrait. Il était heureux à sa manière. Il ne se posait pas trop de questions, s'en tenant à ramasser par terre les miettes qu'on lui jetait. Sa devise était simple, claire et nette : « *Le chien du roi est le roi des chiens.* »

Son patron ne le propulsait pas sur le devant de la scène. Il n'y avait qu'à le regarder de plus près pour s'en rendre compte. La cravate qu'il portait ne venait pas de Paris. Il avait dû l'acheter à la sauvette chez un Sénégalais du Grand Marché. Elle pendait en volute et ressemblait à un intestin grêle dépecé avec un couteau de table. Elle était gondolée comme s'il la lavait avec de l'eau froide et du savon, et la repassait avant qu'elle ne sèche. Le nœud, quant à lui, était aussi énorme qu'un poing fermé et renseignait suffisamment sur la bagarre qu'il avait engagée devant son miroir pour l'attacher. Et le reste de son accoutrement ? Le chauffeur était boudiné dans une veste dont les manches escamotaient à peine ses avant-bras poilus. Les marques jaunâtres du fer à repasser estampillaient les revers du vêtement. Il ne le repassait certainement qu'à ces endroits-là. Sa chemise était à manches courtes, de sorte qu'elle ne dépasse pas des manches de la veste. Elle n'avait de blanche que le nom. Le pied droit de sa chaussure était plus abîmé que le gauche. On comprenait aisément que c'était ce pied qui titillait tous les jours son objet de prédilection : le petit champignon, l'accélérateur de l'automobile. C'était aussi avec ce pied qu'il battait la mesure lorsqu'il écoutait de la musique dehors, devant le taxi, en attendant qu'un client vienne le solliciter.

Il était là. Il attendait. Il attendrait. Un frère du Parisien se souvenait de lui par intermittence et lui rapportait une bouteille de bière Primus. Le chauffeur se rafraîchissait la gorge. Mais en aucun cas il ne devait s'éloigner de l'automobile...

Dans la buvette, une conversation s'entamait entre Moki et les filles autour d'une table. Paris était le sujet de la rencontre. Après des explications amphigouriques sur le découpage des arrondissements parisiens, Moki se confrontait aux visages perplexes. Personne n'avait compris ce qu'il avait raconté. Il hélait un de ses frères. Celui-ci se baissait, opinait du chef à chaque mot du Parisien et s'en allait vers le taxi. Il revenait avec un lot d'albums photos dans les mains et posait la lourde pile devant son frère aîné. Il regagnait sa place, deux tables plus loin, d'où, avec l'autre frère, il suivait le déroulement des opérations étape par étape. Les photographies de Moki à Paris passaient de main en main tandis qu'il poursuivait un récit rendu moins ombrageux par ces images.

Il expliquait dans la foulée qu'il était possible de dîner sur la tour Eiffel, que lui-même y allait les week-ends avec des amis, qu'il avait autrefois un grand appartement qui donnait sur ce célèbre monument érigé par Gustave Eiffel, que chaque matin, en se brossant les dents, il était condamné à subir cette vue, qu'il en était las et avait changé d'appartement et résidait désormais dans le quatorzième arrondissement, près de la tour Montparnasse. Dans son appartement, dévoilait-il, plusieurs pièces étaient inoccupées et il allait chercher des compatriotes à la gare du Nord pour les héberger, des compatriotes sans domicile fixe depuis des années ; mais ceux-ci le décevaient amèrement, ils urinaient dans son lavabo et cachaient de la nourriture dans sa garde-robe...

L'assistance, captivée, rigolait sans économie. Moki était encouragé par des hochements de tête. Il ne s'interrompait plus. L'affluence devant la buvette corroborait l'intérêt de ses propos. Des passants curieux s'arrêtaient, écoutaient quelques minutes et prenaient place sans y être conviés. Dupond et Dupont les repoussaient vers le fond de la buvette. Des questions fusaient de partout comme dans une conférence de presse. Une question devenue classique était posée :

– Est-ce que tu as déjà couché avec une *vraie* Blanche ?

– C'est quoi, une *vraie* Blanche ? Évidemment, rebondissait sur-le-champ le Parisien, imperturbable. D'ailleurs, je vais vous dire, ça n'a rien à voir avec les femmes d'ici ; là-bas, elles sont capables de vous laver les pieds, de vous faire prendre votre bain et de vous donner à manger comme un bambin. Au départ, je ne sortais qu'avec les Blanches pour narguer nos sœurs de couleur qui, dès qu'elles sont à Paris, ne se prennent pas pour n'importe qui. Chez la Blanche, ou c'est oui ou c'est non...

Ces paroles alimentaient les murmures. Le Parisien lustrait ses lunettes de soleil avant de répondre à la question suivante :

– Donc le Tout-Paris te connaît ?

La question venait du fond de la buvette. La personne qui l'avait posée se terrait dans un angle mal éclairé. Elle fut vite repérée grâce à la délation d'un de ses voisins de table qui cillait avec insistance et hochait la tête en direction de Dupond et Dupont. Moki eut un rire jaune. On venait de douter de sa sincérité et de son règne. Du moins c'était dans ce sens qu'il prenait la question. Il minimisait l'impertinence de l'effronté. L'assistance s'accordait à dire que c'était une question idiote. Seul un imbécile pouvait la poser.

La réaction ne tarda pas. Les frères de Moki fendirent la foule en deux, marchant sur les doigts et les orteils de quelques-uns, s'appuyant sur les épaules et les jambes des autres, et ils se ruèrent sur l'imposteur en bousculant plusieurs tables. Ils ne prêtèrent pas attention aux bouteilles et aux verres qui s'écrasaient par terre, n'ayant qu'un objectif : mettre dehors le perturbateur.

Moki intervint à ce moment-là :

– Laissez-le, lança-t-il d'une voix faussement apaisée, je vais lui répondre pour lui clouer le bec une bonne fois. Je ne vous cache rien. Vous connaissez tous ici, je suppose, ce que c'est qu'un village, non ? Eh bien, c'est ça ! Tout le monde me connaît à Paris et tout le monde m'appelle par mon nom lorsque je passe dans la rue : Charles Moki. Lui-même. J'ai été un des meilleurs *sapeurs*[1] de la capitale, la ville de l'élégance. J'ai eu ma consécration au Rex Club de Paris. J'ai fait taire tous mes concur-

---

1. Sapeur : personne se reconnaissant et reconnue par ses pairs comme appartenant à la SAPE (Société des ambianceurs et des personnes élégantes).

rents. Alors, posez-moi de vraies questions. D'ailleurs, je défie quiconque ici : si Dieu vous donne la chance de voir un jour Paris, cette magnifique ville, je vous préviens que vous n'irez nulle part sans mon concours, je vous le certifie. Paris est dans ma poche. Je connais cette ville et personne ne la connaît mieux que moi. Le petit con qui a râlé dans le fond là-bas n'a aucune chance de voir Paris, c'est moi qui vous le dis !...

Rires moqueurs.

On apprenait que l'imbécile avait quitté les lieux de lui-même sur la pointe des pieds, voyant que Moki haussait le ton. Venaient ensuite des questions que le Parisien jugeait intéressantes. Il congratulait sans retenue ceux qui les posaient. Quelqu'un lui avait demandé comment on devenait *Parisien*.

– Bonne question ! Comment t'appelles-tu ?

Le jeune homme bégayait son prénom. Moki prenait son temps avant de contenter les émules. D'un ton doctoral, il expliquait :

– Je vais vous le dire franchement. Les gens ont un peu tendance à tout confondre. On ne devient pas Parisien du jour au lendemain ou parce qu'on habite à Paris. C'est une affaire de longue haleine. Il faut de la patience, du temps, mais aussi du talent. On doit d'abord convaincre ici au pays et ensuite gagner la Ville Lumière, Paris. Moi j'ai commencé comme ça. J'ai grandi avec la bande de Benos, Préfet et Boulou, qui sont tous aujourd'hui à Paris avec moi, de vrais *battants*. Dans le temps, nous formions un club qui avait son siège ici, dans le quartier juste derrière le salle des réunions du conseil que préside mon père. Notre club s'appelait Les Aristocrates et, en ce temps-là déjà, j'étais le président...

Moki s'interrompait pour jauger l'effet de son récit. Il laissait perdurer les murmures afin de souffler un peu et de reprendre quelques gorgées de bière. Il jetait un œil en direction de sa voiture. Le chauffeur exhibait un sourire. Signe que sa patience n'avait aucune limite. Des bouteilles de bière l'entouraient. Ses yeux à fleur de tête pétillaient d'ivresse. Il éructait bruyamment.

Moki avait repris des forces et chassé les chats qui ronronnaient dans sa gorge.

D'un timbre didactique il poursuivait :

– Notre club, Les Aristocrates, était le plus prestigieux de tous les clubs de ce pays. Faites le calcul, c'est de là qu'ont émergé les vrais Parisiens. Nous avions le sens de l'organisation. Nous savions tout sur Paris, la mode, la frime, la vie quotidienne. J'étais celui qui parlait de la culture française. Je ne m'en vante pas, je n'avais aucun mérite car n'oubliez pas que j'ai fait mes études jusqu'au lycée, même si j'ai raté mon bac littéraire à deux reprises. J'ai lu beaucoup d'auteurs français que vous autres ne connaissez pas : Guy de Maupassant et ses contes qui évoquaient la vie des paysans normands, les aventures d'amour et de folie ; André Gide, avec son *Voyage au Congo* ; Albert Camus avec *La Peste* ; Victor Hugo et ses *Misérables*. J'ai émerveillé les filles en récitant les vers des *Méditations poétiques* de Lamartine ou *La Mort du loup* d'Alfred de Vigny, qui est, à mon avis, l'un des plus beaux poèmes de la littérature française. Mon père travaillait dans un hôtel tenu par des Français et fréquenté par des coopérants, le Victory Palace. Il ramenait à la maison des livres, des quotidiens et des revues que les Français jetaient à la poubelle après les avoir lus.

Moi, je m'instruisais grâce à ça. J'étais attentif à tout ce qui parlait de la Ville-Lumière. Nous avions appris à parler l'argot avec les romans policiers de *San Antonio*. Mon père était opposé à ce que je les lise, lui qui aurait aimé être un instituteur. Nous nous les échangions en cachette. Ce langage nous mettait au-dessus des autres jeunes qui, en fait, n'étaient que de *jeunes-vieux*.

« Ce qui nous préoccupait, c'était surtout l'habillement, la *sape*, et partir un jour pour Paris. L'école devenait un handicap. Elle nous détournait de nos objectifs. Nous avions une caisse dans laquelle nous versions chacun une somme fixée d'un commun accord chaque mois. Avec cet argent, nous allions au Grand Marché de Pointe-Noire acheter des puces venues de Paris. Ne vous méprenez pas, même dans ce marché du pays, il fallait avoir l'œil et surtout le goût. Nous n'achetions pas n'importe quel vêtement. Il y avait du lin, de l'alpaga, du crêpe. Le jean était proscrit. Un Aristocrate ne portait pas de jean. C'était fait pour les mécaniciens et les plombiers, ce truc-là, pas pour des gens comme nous qui étions les esthètes de la mode. Nous achetions aussi des habits en cuir ou en daim. Ces fringues acquises à l'aide de nos cotisations étaient la propriété du club, donc de tous les Aristocrates. Nous les portions les week-ends selon une répartition discutée en collectivité. Les jeunes des quartiers voisins venaient les *miner*. L'argent de cette *mine* nous permettait d'acquérir d'autres vêtements. Nous possédions des Vélosolex, comme mes petits frères aujourd'hui. Le Vélosolex est lié à l'image du dandy. Il y a un charme qui se dégage lorsqu'on roule sur ce vélo. Son allure discrète et ses contours dessinés à merveille sont prédestinés pour tous ceux qui aiment l'élégance. Un simple coup de pédale sec et le moteur chantait : Titit... Titit... Titit...

« Nous étions nombreux, en file indienne sur nos Solex le long de l'avenue de l'Indépendance, à Pointe-Noire. On ne nous appelait pas encore des *sapeurs* mais des *lutteurs*. Ce dernier terme avait malheureusement un côté péjoratif. Il inspirait la brutalité, le combat, alors que nous ne demandions que de la finesse, de l'élégance et de la beauté. De *lutteurs*, on nous appela *play-boys*. Mais tout ça sonnait trop anglais ou américain. Aujourd'hui nous sommes des *sapeurs*, tant mieux. Loin d'éteindre des incendies, nous aimons l'ambiance, la belle vie et l'estime de belles créatures comme toutes celles qui m'entourent ici... Est-ce parce que le mot *sapeur* s'essouffle peu à peu qu'on nous appelle maintenant des *Parisiens* ? Le vêtement est notre passeport. Notre religion. La France est le pays de la mode parce que c'est le seul endroit au monde où l'habit fait encore le moine. Retenez cette vérité, je vous le dis... »

Une bousculade à l'entrée de la buvette.

D'autres passants se joignaient aux filles et aux curieux entassés à l'intérieur. On se disputait une place dans le fond, chacun se prétendant le premier occupant du tabouret. Un impatient exigeait le silence. Moki buvait de nouveau une gorgée de bière. Son regard perdu le projetait loin derrière le temps. Le regret ravinait son front.

Il enchaînait, d'une voix triste :

— Du temps des *lutteurs*, avec nos Solex, nous défiions les autres clubs du quartier. Ces défis étaient les moments forts de notre club. Pour les réussir, nous discutions entre membres de la tactique à retenir, de notre façon de nous habiller le jour de l'affrontement. Aucune dissonance ne devait se faire remarquer. Tous les Aristocrates s'habillaient de manière irréprochable. J'avais pour ma part, en tant que président, une pipe avec un anneau en or. Nous apprenions ensemble comment attacher une cravate, poser une pochette sur la veste, marcher en frimeur, tenir une cigarette, servir et boire dans un verre. Bref, nous apprenions tout ce qui a fait de nous ce que nous sommes aujourd'hui et que vous souhaitez tous, je l'imagine, devenir demain. Les défis entre clubs nous permettaient de tester notre suprématie.

« Nous défiions nos adversaires sur leurs terres. Pour les inciter à nous répondre, nous les bousculions un peu par notre insolence. Nous les traitions de mal fringués, nous leur disions qu'ils étaient incapables de s'habiller comme à Paris, de parler de cette ville, de s'exprimer en français, de citer de mémoire les passages célèbres des grands auteurs français. À ce sujet, si je vous disais *"La terre nous en apprend plus long sur nous que tous les livres. Parce qu'elle nous résiste. L'homme se découvre quand il se mesure avec l'obstacle. Mais pour l'atteindre, il lui faut un outil..."* à qui doit-on cette pensée ? Saint-Exupéry ! *Terre des hommes*. Ou encore ces vers :

> *"La sottise, l'erreur, le péché, la lésine,*
> *Occupent nos esprits et travaillent nos corps,*
> *Et nous alimentons nos aimables remords,*
> *Comme les mendiants nourrissent leur vermine."*

« C'est le fameux avertissement qui ouvre *Les Fleurs du mal* de Charles Baudelaire. Nous empruntions ces livres au Centre culturel français pour nous armer. Le défi devait être entouré d'une publicité. Nous collions des affiches du défi sur les façades des écoles primaires et secondaires en nous payant la tête de nos adversaires. Ils finissaient par mordre à l'hameçon et nous répondaient. Ils relevaient le défi. Ils n'avaient plus d'autre solution. Le ridicule n'était pas une mince affaire. Alors, courroucés, ils déchiraient nos affiches, les remplaçaient par les leurs. Ils nous qualifiaient de pauvres vaniteux, de malpropres et de poux qu'ils écraseraient le plus tôt possible. La tension montait de part et d'autre. Les ingrédients d'un bon défi étaient rassemblés. La cuisine allait être pimentée. Très pimentée. Il ne restait plus qu'à passer à l'acte.

« Notre tactique ? D'abord sonder les forces de l'adversaire. Nous diligentions ainsi nos éclaireurs dans les parages de l'autre club. Nous devions être au courant de ce qu'ils allaient porter afin de les contrer. De leur côté aussi, il était certain qu'ils nous filaient. Mais pour que tout fût mis au point, nous trouvions, par émissaires interposés, un compromis sur le lieu où devait se passer le défi. Nous nous accordions sur l'heure, de préférence le soir pour mieux mobiliser le public qui nous départagerait. Celui-ci arrivait avant nous. Il s'installait dans la buvette. La piste de danse était réservée à l'événement. Nous procédions à nos préparatifs : nouer les cravates, cirer les chaussures, huiler les moteurs des Solex, harmoniser nos pas et nous asperger de parfum Mananas. Nous nous alignions le long de l'avenue de l'Indépendance. Dehors, la frénésie était à son comble. Toutes les tables étaient occupées dans la buvette. On nous applaudissait sur l'avenue. On nous stimulait par de grands signes.

« L'heure arrivant, nous quittions le quartier pour le lieu du défi en terre adverse. Comme c'était moi le président, je me mettais en tête du cortège... »

*
* *

Moki devenait aphone au cours de ce monologue. On ressentait en lui une certaine jubilation. La légende des Aristocrates, pour lui, était une récitation. Il la reprenait chaque année avec la même émotion, les mêmes mots. Beaucoup d'entre nous l'avaient écoutée plusieurs fois sans douter de sa véracité. Le public était acquis à sa cause. On entendait les mouches battre des ailes et s'accoupler au-dessus des verres à moitié pleins de bière.

– Où en étais-je ? Ah oui, nous allions dans le quartier de nos adversaires. Nous nous préparions dans les loges de la buvette. Je donnais aux gars les ultimes recommandations. Qui sortira le premier en public ? Sur la piste de danse, une voix attisait au micro la fièvre de la foule. On scandait des slogans, on citait les noms de tous ceux qui sont de nos jours les frimeurs les plus influents de Paris : Djo Balard, Docteur Limane, Mulé Mulé, L'Enfant Mystère, Anicet Pedro, Ibrahim Tabouret et bien d'autres. On annonçait nos noms et ceux de nos adversaires. Nous décidions que j'apparaîtrais en dernier, privilège de président obligeait.

« La bataille commençait. Le public se délectait. Il n'attendait au fond que le grand duel opposant les présidents des deux clubs. Cet affrontement était décisif dans son jugement. À la fin de la première bataille, les Aristocrates retournaient dans la loge. De même que nos adversaires. Sur la piste, on appelait les deux présidents. Je ralentissais le pas. Je ne souhaitais pas être vu en premier. Je ménageais l'effet de surprise. Un Aristocrate infiltré dans la foule m'indiquait s'il fallait avancer ou lambiner selon la position de mon adversaire. Nous nous retrouvions au même moment sur la piste.

« Mon adversaire m'étonna en réalisant un bond acrobatique acclamé avec hystérie par les spectateurs. Il était vêtu d'un ensemble en cuir noir, avec des boots et une casquette noire en daim. Il fumait un gros cigare et me tournait le dos – une façon de m'ignorer et de me ridiculiser. J'avançais paisiblement vers le milieu de la piste. J'étais coiffé d'un casque colonial et je portais une longue soutane qui balayait le sol lorsque je me déplaçais. Je tenais une Bible dans ma main droite et, pendant que mon adversaire me tournait le dos, je lisais à haute et intelligible voix un passage de l'Apocalypse de Jean. Le public était euphorique, capté par mon originalité. J'avais déjoué tous les pronostics : en arrivant dans la buvette, ma soutane et mon casque colonial étaient dissimulés dans un gros sac de voyage ; j'étais habillé autrement. Nous tendions de la sorte des leurres à nos adversaires. Le président du club adverse était tombé dans le guet-apens. En se retournant, il constata l'écart que j'avais creusé entre lui et moi. Je fus acclamé. La foule s'était levée pour la première fois. On scandait mon nom. Je décidai d'accélérer les choses. J'avais un autre tour dans mon sac. Je pris la Bible et la tendis à une jeune fille, sous le regard ébahi de mon concurrent. Il ne saisissait pas ce que j'allais entreprendre. Il restait debout, sourcillant nerveusement. Son cigare était éteint. Il le mâchait, le crachait. Il transpirait à grosses gouttes. Je démontai soudain ma soutane en public puis la retournai. Et, comme dans un tour de magie, une autre soutane apparut en tissu écossais.

L'habit était, en réalité, réversible. »

À cette dernière phrase, Moki fut applaudi.

Dupond et Dupont reprenaient les albums photos sur les tables. Ils veillaient jalousement à ce qu'aucune des photographies ne fût subtilisée par le public ou les filles. Apparemment, Moki n'avait pas achevé son retour dans le passé comme le croyait l'auditoire. Il n'avait pas encore évoqué son odyssée, puis Paris, un sacrilège selon lui. Cette deuxième partie de ses entretiens ressemblait à une épopée. Les détails qu'il décrivait dans son récit donnaient à l'auditoire une idée des embûches qu'on devait braver avant d'arriver à bon port.

– Vous savez, un Parisien doit bouger. Il ne doit pas rester inerte. Il doit connaître Paris, le métro, le RER, les bus, les rues, les avenues, les places, les monuments ; tout ça ne doit pas lui poser de problèmes. Mais il y a toute une histoire derrière nous. Vous ne voyez que le versant éclairé de la montagne, ce qu'on appelle en bon français, l'*adret*. Est-ce prétentieux de ma part que de dire que nous sommes presque des héros ?

« J'avais quitté le pays par la filière de l'Angola après mes deux échecs au bac littéraire. C'était de

l'aventure pure ; rares sont les jeunes qui s'y ris-
quent aujourd'hui. Ma famille n'était pas au courant
de mes projets. Il faut dire qu'à cette époque, on
mettait les parents devant le fait accompli. Que pou-
vaient-ils faire pour nous ? Ils n'étaient d'aucun
secours – tout au moins le secours financier, celui
qui nous préoccupait. Les initiatives de toute sorte
se multipliaient. Les départs étaient certes rares,
mais les tentatives ratées ne se comptaient plus.
Dans le quartier, une longue absence d'un jeune
voulait dire qu'il était parti en France. Et puis plus
personne ne s'alarmait. Au contraire, la famille en
tirait une fierté, surtout lorsqu'elle recevait, des
mois plus tard, une photo de son fils avec des vêtements d'hiver.

« C'est bien loin, ce temps-là. Moi aussi j'avais
disparu un beau jour de la maison parentale afin de
me rapprocher de la frontière avec l'Angola. J'avais
mûri mon projet. Attendre m'était désormais impossible, d'autant que plusieurs de mes amis avaient
réussi leur aventure – pour ne citer que Préfet qui
est le premier à avoir ouvert cette filière de l'Angola.
Avant lui, les aventuriers, nos précurseurs si j'ose
dire, utilisaient la voie maritime, au port de Pointe-
Noire, avec tous les risques que cela comportait.
D'abord, ils devaient pénétrer le monde maritime.
Ils travaillaient donc comme manutentionnaires au
port pendant des mois. Ensuite, acclimatés à cet
univers, au moment opportun ils s'infiltraient dans
la cale d'un navire sans se soucier si celui-ci battait
pavillon français. Certains se sont retrouvés comme
ça au Portugal, en Grèce ou même en Amérique
latine, pensant s'orienter vers la France. Vous voyez
que cette voie était hasardeuse. Sans compter

qu'on pouvait vous jeter en haute mer et vous infliger les pires sévices qu'un esprit pervers ait imaginés.

« En Angola, je fus bloqué pendant plusieurs mois. Je n'avais rien en poche. Pas de quoi me payer le billet pour la France. Pas de quoi manger. Mais me rapprocher de ce pays m'exhortait à réaliser mon projet. Je n'étais pas seul dans ce pays lusophone. Beaucoup d'autres aventuriers traînaient à Luanda et profitaient de cette filière accessible. Il suffisait d'avoir un peu d'argent dans les poches, la France était à votre portée.

« Je fis comme eux pour m'en sortir et espérer un jour arriver à Paris : je vendis des poissons salés, des soles, des daurades et des gâteaux dans un grand marché populaire de Luanda. Je réunis, grâce à ce commerce, une grosse somme d'argent, ce qui me permit de soudoyer les gars de l'aéroport. Ceux-ci vivaient de ce trafic et installaient le plus offrant des aventuriers dans l'avion après lui avoir fourni les documents nécessaires au voyage. Voilà comment j'ai débarqué un matin à Roissy...

« J'ai été reçu en France par mon fidèle ami Préfet. Il n'était pas venu m'attendre à l'aéroport. Je connaissais Paris avant même de prendre l'avion pour la première fois à Luanda. Tous les Aristocrates connaissaient Paris. Dès que je suis sorti de l'avion, j'ai pris avec assurance un taxi et j'ai indiqué au chauffeur l'itinéraire à suivre. Il était éberlué. Pour lui, je n'étais pas un étranger. J'étais chez moi.

« J'ai vécu plus d'un mois avec des cons qui dormaient toute la journée et qui allaient faire la queue à la Caisse des allocations familiales. C'étaient de faux Parisiens, ceux-là. Est-ce que c'est avec cela qu'on peut s'attraper une paire de Weston ? »

Quelqu'un toussait.

Moki se servait un autre verre de bière. Dupond et Dupont piaffaient d'impatience et agitaient leurs poignets pour rappeler à leur frère qu'il avait un autre rendez-vous et qu'il fallait partir aussitôt. Le Parisien les calmait. Son geste était mesuré.

Dans la rue, le chauffeur n'était plus dehors. Il était au volant, la tête baissée. Il roupillait un pied hors de la voiture.

Moki se levait, sa veste sur le bras et poursuivait debout :

– Il n'y a pas un autre pays qui ressemble à la France dans mon imaginaire. Je n'en vois pas. Elle n'est rien, mais elle est tout pour moi. De sorte que ne pas y aller est un péché impardonnable. Y aller, c'est accepter désormais de ne plus vivre sans elle.

« C'est pour vous dire que tout ça ne s'improvise pas. Il faut de l'ambition, du talent, de la foi et de l'amour pour ce qu'on fait... Je vais vous quitter, je vous épargne les récits de mes retours au pays. Vous les connaissez tous. Y a-t-il une autre question ?... »

Plus personne ne posait de question.

Le Parisien avait officié sa messe annuelle. Il la referait l'année prochaine. Avec la même assistance et quelques nouveaux. Il enlèverait un détail ici, ajouterait une anecdote là. Le silence était le signe de l'adhésion de la foule. Les regards se baissaient. Surtout ceux des filles. Elles écouteraient Moki des journées entières. Celui-ci buvait sa dernière gorgée

et ouvrait son agenda pour prendre des rendez-vous avec chacune d'elles. Il leur proposait de
venir chez lui apprécier d'elles-mêmes les dernières
tendances de la mode parisienne. Il quittait la
buvette, passait au milieu de la foule, précédé par
ses frères. La voiture était en marche. On lui ouvrait
la portière. Les filles l'embrassaient, le touchaient
tour à tour comme pour chercher sa bénédiction.
La voiture démarrait. Le Parisien agitait une main
dehors. Le véhicule s'éloignait.

Je m'en souviens, j'étais là...

Dans cette course d'aficionados, quelle était donc ma place ? Je n'avais pas à l'usurper. J'observais les choses sereinement.

J'observais dans l'ombre. J'étais là. Non loin. Très près. J'attendais que les courtisans fussent partis. J'allais à mon tour discuter avec le Parisien. J'étais aussi fanatique que ces jeunes gens du quartier. Je voulais tout savoir sur la vie en France. Mais surtout à Paris. La France, ce n'était ni Marseille, ni Lyon, encore moins des villes inconnues de nous comme Pau, Aix ou Chambéry. La France, c'était Paris, là, au nord de ce pays...

Ce jugement sévère nous poussait à crier haro sur les compatriotes qui revenaient de la province. La province ? Nous ne voulions pas en entendre parler. Non, non et non. Nous appelions les compatriotes qui y vivaient les Paysans. Ils ne jouissaient d'aucun engouement de la part des jeunes du quartier. Ils étaient tout le contraire des Parisiens. Gare aux frères cadets du Paysan. Mieux valait n'avoir pas été en France que de revenir d'une province. Les Paysans habiles transitaient d'abord par Paris, où ils restaient quelques semaines, le temps de se photographier devant les monuments historiques de la capitale pour semer, le moment venu, la confusion dans l'esprit de la population au pays.

La vérité éclatait. L'information circulait de bouche à oreille. Les vrais Parisiens prévenaient le pays. Ils nous conseillaient de nous méfier des *faux prophètes* qui parleraient en leur nom. Nous devions séparer le bon grain de l'ivraie. À cette occasion, ils nous dressaient le portrait-robot du Paysan : un aigri, un austère étudiant en doctorat. Il fait son retour au pays en marge de l'actualité. Un retour sans écho, sans tambour ni trompette. On ne se rendait pas compte de son arrivée. Personne, en dehors de sa famille, ne lui rend visite. Il n'est pas élégant. Il ne sait pas ce que c'est que l'élégance. Il ignore comment nouer une cravate en quelques secondes. Il a la peau très foncée. Il ne se coupe pas régulièrement les cheveux et coltine sur sa tête une touffe « bouki ». Il est barbu, moustachu. Ses frères s'éloignent de lui. Si son retour coïncide avec celui d'un Parisien, on les compare. On les confronte. On souhaite qu'ils se rencontrent. Le Paysan n'a aucune considération pour le Parisien. Celui-ci change de vêtements trois fois par jour. Celui-là retourne au pays avec trois jeans et quelques tee-shirts. À la limite il prévoit une veste étriquée au cas où il devrait errer dans les ministères à la quête d'un document pour la rédaction de sa thèse. Le Paysan se déplace à pied et pousse le culot jusqu'à prendre les transports en commun avec les autochtones. Le Parisien ne pourrait le faire. Le Paysan est un solitaire. Il se fond facilement dans la foule. Il écrit, griffonne tous les jours. Il ne fréquente pas les buvettes. Les filles ne courent pas après lui.

Elles l'ignorent. Elles se gaussent de lui à son passage dans la rue. Il n'a pas d'autre possibilité que de se tourner vers les copines de son enfance ou les femmes *mal mariées*. Ces roues de secours font discrètement des concessions. Elles n'ébruitent pas cette relation. Tout se passe la nuit...

Le Paysan mange du manioc et du foufou. Il mange par terre avec ses frères. Il joue au ballon à chiffons dans la rue avec quelques *jeunes-vieux*. Il aide ses parents à faire leurs courses au Grand Marché. On l'entend se lamenter que la vie est difficile en France. Menteur ! Toujours des mensonges. Il ment comme il respire. Et vice versa. Ce n'est qu'un aigri, un incapable. Il n'est pas écouté. Il insiste quand même. Il prétend qu'on ne s'en sort pas facilement, en France. Surtout pas à Paris. Il ne voudrait pas y vivre pour tout l'or du monde. Il dit que même les Français redoutent la vie dans cette ville. Le mètre carré n'est pas à la portée de toutes les bourses. Le loyer est élevé. La France ? Vous allez en France ? Pourquoi ? s'exclame-t-il. Ce n'est pas le Pérou. Il ne dit que ça depuis qu'on l'entend. Alors, comment font les autres, les Parisiens ?

Le Paysan ment. C'est un grand menteur. Il ne changera pas. Sa frustration est la même. Il aime la facilité. Il est toujours en train de se plaindre. De conseiller aux émules de réfléchir deux fois avant d'aller en France s'ils n'ont rien à y faire. Faites attention, vous errerez dans la ville de Paris comme des balles perdues. Je sais de quoi je parle, n'y allez pas si vous n'avez rien à y faire.

C'est un discours suranné.

Un discours qu'on ne suit pas. Heureusement que le Parisien est là pour nous dire le contraire. Pour nous apporter de la lumière. Pour nous parler de la Ville-Lumière. Le Paris qu'on aime. C'est lui qui dit la vérité : venez en France, vous verrez, il y a tout, vous serez comblés, vous n'en croirez pas vos yeux, la ville est belle, il y a plein de petits boulots, ne gâchez pas votre temps au pays, l'âge ne vous attendra pas, venez, venez, il y a des appartements, si vous êtes feignants, les allocations vous seront versées, venez, venez, un jour vous aurez la même Mercedes que les membres du gouvernement, n'écoutez pas ces Paysans, ils sont exilés en province, ils sont chauves, ont la quarantaine et traînent encore sur les bancs de l'école avec des petits Blancs qui peuvent être leurs petits-fils. Ne les écoutez pas, ces types, ne les écoutez pas !

Ainsi parlait aussi Moki. Charles Moki...

Je l'avais longtemps écouté.

Je pouvais reprendre ses récits à la virgule près. J'allais chez eux quand je le voulais. Ses frères ne pouvaient s'y opposer. Nous étions à l'école ensemble. Moki m'estimait. Si je remonte encore un peu plus les sentiers de mes souvenirs, cette estime fut l'étincelle qui alluma le feu. En effet, un jour il prononça des paroles qui me tirèrent de ma somnolence. Il me dit que j'avais *une bonne gueule de Parisien*, et c'était bien dommage que je ne pusse m'en servir. Pour lui, on avait une gueule de Parisien ou on ne l'avait pas. Il y avait ceux qui ne l'auraient jamais et ceux qui l'avaient toujours eue. Ces derniers finiraient un jour ou l'autre par partir. Moki l'avait dit. C'était parole d'évangile.

L'effet fut immédiat. J'avais la grosse tête. Je me mirais, fier comme Artaban. Je soignais cette gueule

pour qu'elle demeure intacte, fidèle à cette image
de Parisien. Je me faisais couper les cheveux à la
manière des Parisiens. Je les coupais court, avec
une raie au milieu. J'apprenais à marcher comme
Moki, l'allure svelte, les gestes étudiés. Toutefois,
j'étais réaliste : je n'étais pas un vrai Parisien.
J'avais beau m'agiter, je n'étais que moi-même. Le
pèlerinage à La Mecque me faisait défaut. Un Parisien, quoi qu'on en dise, c'est avant tout celui qui
a vécu à Paris. Si j'avais une gueule de Parisien, je
devais retrouver mon monde...

J'avais succombé au charme, à l'enchantement.
Je mûrissais ma réflexion. Je n'osais en parler directement à Moki ou à mon père.

Un jour, je pris la résolution de me jeter à l'eau.
Comment en parler ? Par où commencer ? Bien sûr,
j'étais crédité d'une gueule idoine. Cela suffisait-il ?
Irais-je me présenter devant le Service de l'émigration et n'importe quelle agence de voyage avec un
tel argument ? Et si Moki distribuait les mêmes compliments à tout le monde ? Beaucoup de jeunes de
mon âge avaient cette gueule. On ne les avait pas
vus prendre un avion pour Paris. Ils vagabondaient
dans le quartier, affirmant aux filles que leur consécration n'était plus loin et qu'une gueule de Parisien
n'avait de place qu'à Paris. Je sentais naître ma
détermination. Les ailes de l'espoir me portaient
loin. Très loin au-delà de l'amoncellement des illu-
sions qui paraissaient tout d'un coup réalisables.
Ma raison d'être au pays se remettait en cause.

Je me sentais inutile, perdu.

C'était probablement la raison qui m'incita à brûler les étapes en en parlant à mon père. Il me fallait

du tact. Commencer à évoquer des généralités. Parler de la France, de sa grandeur, de son rayonnement dans le monde, puis lui réciter la liste détaillée des richesses que Moki avait apportées à sa famille depuis qu'il était Parisien. Mon père n'était pas homme à se laisser caresser dans le sens du poil. Il n'était pas expansif. Discret et bon père de famille, il nous éduquait, ma sœur et moi, dans l'esprit de nous contenter du peu qu'on avait au lieu d'aller voir ce qu'il y avait dans l'assiette de nos voisins.

Il m'écoutait ce jour-là avec une attention soutenue. Il n'ajouta rien à ce qu'il prenait pour une chimère passagère. Son silence montrait son impossibilité à m'aider financièrement. Mais rien n'était perdu d'avance.

À ma grande surprise, il m'encouragea :

– Si c'est ce que tu as décidé, que veux-tu que je te dise ? Seulement, pour aller en France, il faut régler un petit détail : il vaut mieux raccommoder les trous que tu as dans tes poches, à moins que tu ne veuilles y aller à pied ; dans ce cas, pars dès aujourd'hui pour gagner du temps...

Il parla un peu plus, pour une fois. Il me retraça sa jeunesse. Il avait tout fait pour notre bonheur. Quand il avait connu notre mère, celle-ci était souvent malade. Elle avait des maux d'estomac chroniques. Elle ne pouvait donner la vie. Lui ne voulait pas l'abandonner ainsi. Sa conscience ne le lui aurait pas pardonné. Il avait dépensé toutes ses économies de planton pour avoir des enfants. Ils allaient d'hôpital en hôpital, de sorcier en sorcier – jusqu'à ce que le hasard fît qu'elle tombe enceinte. Hélas, elle accoucha d'un mort-né, ce qui jeta encore un voile de tristesse sur le foyer. Ils durent attendre des années pour que je vienne au monde, puis, deux années plus tard, la naissance de ma petite sœur – dont l'accouchement faillit emporter notre mère. On lui boucha les trompes ; elle ne pouvait plus avoir d'enfants...

Mon père avait la larme à l'œil. Il se justifia de n'avoir jamais pu construire une maison en dur ni installer une pompe à eau. Il était épuisé et certain que le Seigneur ne le lâcherait pas. N'était-ce pas Lui qui m'avait insufflé l'idée du voyage en France ? s'interrogeait-il. Il était convaincu que ce serait pour le bonheur de la famille.

– J'ai toujours pensé qu'un jour tu partirais. Loin. Loin d'ici. Loin de cette misère. Mais je suis désolé mon fils, je ne peux t'aider avec cette pension que je touche. Je ne te promets rien, je vais essayer d'en parler à ton oncle, lui qui est fonctionnaire, peut-être pourra-t-il me prêter quelque chose.

Il me promit aussi de voir avec ma mère. Elle vendait des arachides au Grand Marché. Même si sa contribution était modique, conclut-il, « *ce sont les petits ruisseaux qui font les grandes rivières* ».

Il en parlerait donc à ma mère. D'après lui, elle n'y verrait aucun inconvénient. Elle serait plutôt heureuse. Je ferais honneur à la famille. Il pourrait, lui, se promener la tête haute dans la rue. Il serait respecté par la population et aurait du poids dans les décisions du conseil du quartier où le père de Moki régnait maintenant en monarque aveugle. Il se vengerait de tous ceux qui raillaient sa pauvreté. Il serait sans indulgence. Il gérerait les taxis que je leur enverrai.

C'était ainsi qu'il me parlait ce jour-là.

Des pleurs, nous avions retrouvé la bonne

humeur. Nous avions ri. Nous n'avions plus de raisons de larmoyer. Ce n'était pas un malheur qui s'abattait sur nous. Il fallait rire pour me porter chance...

Mon père me devança en dévoilant le projet au père de Moki, qu'il attendait avec impatience à la sortie d'une réunion du conseil du quartier.

Il lui remit une bouteille de *vin rouge de France* afin qu'il accélère les choses. Le président du conseil, flatté, prit la bouteille, non sans quelques simagrées pour faire durer la cour que lui faisait mon père et augmenter ainsi les enchères. Il assura tout de même qu'il s'en occupait et que je devais dorénavant me considérer comme un Parisien à part entière.

Il en parlerait à son fils...

Quelques jours s'étaient écoulés.

Mon père rentra un soir, attristé.

Il avait reçu un ouragan sur le visage. Ses traits étaient creusés, son visage bas. Il fuyait mon regard. Je m'empressai d'aller vers lui. Il avait pris de l'âge. Je ne l'avais jamais vu aussi affecté. On aurait cru qu'il peinait intérieurement et dissimulait avec stoïcisme les affres de sa souffrance. Je devais connaître la cause de son tracas. Je la devinais un peu. C'était une déception.

Il me prit par la main ; nous nous éloignâmes derrière la maison. Il m'informa qu'il avait contacté une deuxième fois le père de Moki. Au départ, celui-ci avait pourtant signifié que tout serait réglé, et voilà qu'il lui rapportait qu'il était trop tard pour entreprendre les démarches administratives. Il ne restait à Moki que quelques jours au pays. La liste des papiers pour bénéficier d'un séjour en France était longue et prenait du temps. Il me manquait beaucoup de documents, entre autres le papier d'hébergement sans lequel aucun visa de sortie n'était délivré.

Je calmai mon père qui s'imaginait que Moki s'était opposé à mon départ pour la France. Je n'avais de toutes les façons pas mon billet, même si mon oncle avait laissé entendre, dans cette langue entortillée qui était la sienne, qu'il avait *« un préjugé favorable de contribution à cette initiative fort courageuse mais qui restait à discuter, tout au moins dans son fondement, sans pour autant remettre en cause l'ensemble de l'échafaudage »*. Mon père n'avait rien saisi et était revenu sans être renseigné sur la position de mon oncle, tant cette prose égarait sa lucidité. À force de travailler dans l'administration, mon oncle était victime de ce jargon ronflant. Avec de tels mots on pouvait vous refuser une faveur sans que vous vous en rendiez compte, tellement la politesse et la musique des formules toutes faites prenaient le dessus. De même on pouvait vous traiter de va-nu-pieds : vous acquiesceriez.

J'expliquais à mon père que nous mettions la charrue avant les bœufs. Qu'il fallait procéder par étapes, et qu'on ne voyageait pas en France sans certaines formalités.

J'allais moi-même voir le Parisien pour en discuter.

Je rencontrai Moki un jour après.

Il détailla l'impossibilité dans laquelle il se trouvait. Il paraissait navré. Je ne pouvais y voir que de la sincérité. J'avais de l'avenir, dit-il. C'était une bonne résolution que j'avais prise. Il m'en félicita. Il m'annonça qu'à son retour au pays, l'année prochaine, à la fin de la saison sèche, je m'envolerai avec lui pour Paris et que, dès son arrivée en France, il me ferait parvenir un papier d'hébergement en vue de l'obtention de mon visa.

À la fin de notre rencontre, en plaisantant, il me lança une expression que je prends à présent à mon compte :

– C'est un autre monde là-bas, *Paris est un grand garçon*...

Cinq mois après son départ, Moki m'écrivit une lettre qui me réconforta. Il me demandait d'entreprendre mes démarches le plus tôt possible pour l'obtention du visa de touriste. *« Nous verrons sur place comment prolonger ton séjour ; ce qui compte, c'est que tu entres en France. »* Un papier d'hébergement en bonne et due forme accompagnait la missive. Je n'avais plus qu'à attendre son retour et espérer que la prose de mon oncle aurait plus de limpidité.

Les choses se précisaient d'elles-mêmes.

Je ne cherchais plus à comprendre. Comme cette attitude surprenante de mon oncle. Il se manifesta un matin. Sa voiture stationna devant notre maison. Il allait déposer ses enfants à l'école. Mon père alla à sa rencontre, les bras largement ouverts comme s'il s'apprêtait à étreindre un baobab séculaire. Je fus gêné de cet empressement intéressé. L'oncle n'avait encore rien dit et on n'était pas à l'abri de ses circonvolutions verbales.

Mon père lui suggéra de venir avec lui derrière la maison pour discuter entre hommes. L'oncle lui répondit qu'il n'avait pas le temps et qu'il était déjà en retard pour conduire les gamins à leur école. Il serra vigoureusement la main de mon père :

– Banco ! fit-il.

– Banco quoi ? s'inquiéta mon père.

– Pour le billet du petit, je lui paye la totalité et on s'arrangera entre nous plus tard.

Mon père se retourna vers moi, sceptique, et me prit dans ses bras.

Mon oncle démarra en trombe et nous salua par la portière...

*
* *

Le papier d'hébergement en ma possession me rapprochait de plus en plus de Paris. Les incrédules et autres mécréants qui ironisaient sur la vanité de mon projet de voyage me prirent soudain au sérieux. Ce document était un aimant. Il attirait. On voulait le voir, le palper, le sentir. Beaucoup d'entre nous rêvaient de le recevoir.

Je vivais dans l'angoisse perpétuelle de l'égarer. Cette angoisse habita mon inconscient au point de bouleverser le paysage de mes songes. Mes nuits ne se passaient plus sans cauchemars. Les thèmes de ces songes hantés ne variaient pas. Je rêvais qu'un grand tourbillon s'abattait dans le quartier, emportant au passage uniquement mon document. En fait, je craignais qu'un malotru vînt me le subtiliser. Mes précautions étaient à la hauteur de mes inquiétudes : ce papier ne me quittait plus. Il s'était substitué à ma pièce d'identité. Je le lisais à chaque instant. Je vérifiais qu'il était bien à sa place, dans

la petite chemise cartonnée noire que j'avais achetée juste pour le protéger.

À force de trop le barboter, de l'arborer, et de le
parcourir, le document s'était racorni. Des taches
de gras le marquaient. Ce qui faillit me coûter cher
car, en allant le déposer au Service de l'émigration,
la femme chargée de suivre les dossiers eut un
moment de doute, me reluqua des pieds à la tête,
me pria de m'asseoir en face dans un fauteuil en
lianes et de patienter. Elle vadrouilla de bureau en
bureau, frappa sans succès à une porte, ouvrit une
deuxième sans frapper, n'y trouva personne, monta
les escaliers, les redescendit par quatre jusqu'à son
bureau, tripota un grand registre poussiéreux aux
pages ondulées, pense-bête de la maison qui devait
renseigner en principe sur tout et sur rien, elle mor-
dit rageusement son crayon, cracha des morceaux
de gomme sur la table, apposa quelques arabes-
ques sur la marge surchargée du registre et le renvoya amasser de la poussière au-dessus d'un meuble ancien qui croulait sous les dossiers classés
sans suite depuis une décennie.

C'est alors qu'apparut une deuxième femme,
ronde comme un baril. Vraisemblablement blanchie
sous le harnois, à voir comment la première femme
jappait de désespoir autour d'elle en lui collant au
nez mon certificat d'hébergement. Cette deuxième
femme prit toutes ses aises. Histoire de prouver,
aussi bien à l'autre femme qu'à moi, qu'elle était
incontournable dans la maison. Elle souffla à maintes reprises des buées de salive sur ses verres de
myopie, les essuya avec le bout de sa veste en
pagne et procéda à l'inspection du document avec

une mine d'inappétence qui réveilla mes craintes. Elle fit semblant de tousser, de gratter ses nattes de cheveux et d'enfoncer encore plus loin l'alliance en argent égarée dans son auriculaire dodu. Elle s'accouda ensuite sur le bureau, expira longuement, ôta ses lunettes, les remit et m'examina sommairement avant de conclure que le papier était authentique...

J'avais désormais mon passeport et mon visa. Je pouvais pousser un ouf de soulagement. J'explosais de joie. Je n'écoutais plus personne. Je parlais à haute voix, moi le timide. Je repoussais les courtisans. Ceux de la dernière heure qui vous font croire qu'ils sont vos amis. C'était une amitié intéressée. Je ne me trompais pas. Je les chassais tous. On ne me regardait plus de la même manière. Je n'étais plus un autochtone. J'étais un Parisien.

Mon père me conseilla de redoubler de vigilance. Il croyait aux mauvais esprits. Ceux-ci, selon lui, pouvaient me tendre une embuscade la nuit et me dérober mon passeport pendant mon sommeil ou, pire, effacer les annotations du visa.

J'étais prémuni contre tout cela. J'avais acquis une habitude. Sous mon pantalon, je cachais le passeport dans la poche de ma culotte. Je dormais avec ce pantalon et cette culotte après avoir vérifié que les mauvais esprits dont parlait mon père n'avaient pas arraché mon visa...

Attendre le retour de Moki fut pour moi un long calvaire. Les nuits étaient interminables. Je dormais très tard. J'allais danser avec des amis. Mon père veillait sur tous mes mouvements. Il me tançait quand je rentrais à pas feutrés à l'aube.

C'était à cette période-là que j'allais me trouver mêlé à une histoire pour le moins rocambolesque et qui est restée gravée dans ma mémoire. Comme à l'accoutumée, mon père m'entraîna derrière la maison pour m'entretenir. Silencieux, il se frotta la barbe, le regard vague. Sa manière à lui d'exprimer sa perplexité.

– Je t'avais toujours dit de veiller sur toi, d'être vigilant, voilà maintenant ce qui nous arrive à tous ! murmura-t-il.

Il tournait en rond, n'entrait pas dans le vif du sujet, moralisait avec un ton imbu de tristesse et de fatalité. Je m'abstenais de l'inciter à en venir aux faits. Non parce que je ne savais pas ce qui m'attendait, mais à cause de sa susceptibilité. Autant ne pas hâter mon propre calvaire. Il était du genre à s'énerver rapidement et à ne plus évoquer le sujet de son mécontentement jusqu'à ce qu'une difficulté me mît en face de mes responsabilités et exigeât, en dernier lieu, son intervention. C'est à ce détour qu'il m'attendait et clamait sa formule de prédilection :

– Ton comportement a été celui d'un crocodile qui, pour ne pas se mouiller de la pluie sur la rive, plonge dans le fleuve...

Autant que je m'en souvienne, il ne nous a jamais battus, ma sœur et moi. Il croyait dans la force de la parole. Sa colère et ses engueulades étaient des arguments suffisamment convaincants pour nous faire redouter le pire.

Qu'avais-je commis comme bévue pour qu'il me convoquât derrière la maison ? Je lui montrai quelques signes d'impatience. Je faisais craquer les cartilages de mes doigts. Je mordillais mes ongles et dessinais du pied je ne sais quoi sur le sol. Il disait n'être pas content de ce qui se racontait dans le quartier.

– Connais-tu Adeline ? interrogea-t-il.

Je mis du temps à répondre. Il prit mon silence pour une affirmation. Il me révéla qu'une jeune fille prénommée Adeline s'était présentée à la maison avec ses parents. Elle se prétendait enceinte de moi. Ma stupéfaction l'amusa et aggrava les traits du masque d'ire qu'il affectait.

– Ne joue pas la comédie avec moi. Je connais ce petit jeu. Je suis ton père et tu dois me parler franchement. Oui ou non ?...

J'avais rouspété fermement.

Je connaissais la fille, répondis-je à mon père. Mais elle sortait avec la plupart des mâles du quartier. Son sobriquet était « Poubelle ». Elle courait après les futurs Parisiens. Oui, j'avais eu des rapports sexuels avec elle. Cela datait de treize ou qua-

torze mois. Après, je ne l'avais plus fréquentée. Je
ne pouvais pas en être l'auteur. Non. Impossible.
C'était une machination. Je n'allais pas me laisser
piéger par cette fille qui n'avait pas bonne réputation.

Tel ne fut pas l'avis de mon père.

– N'agis pas comme un imbécile. Cet enfant sera
le tiens, le nôtre puisque la jeune fille l'a dit. Elle
connaît mieux que quiconque son corps et ceux
avec qui elle couche. Peu m'importe tout ce que
raconte la commune renommée. Songe à ta mère
qui ne met plus au monde. Pourquoi veux-tu réfuter
ton propre sang, le sang que nous t'avions donné,
le sang de mon père, ton grand-père, de ta mère, de
ta grand-mère ? Face à cette situation, il faut prendre les devants. J'ai trouvé un compromis avec les
parents de la fille. Nous éviterons une affaire devant
le conseil du quartier. J'ai reconnu la grossesse et
nous nous occuperons de l'enfant même en ton
absence. Il portera le nom de notre famille. Adeline
viendra habiter avec nous jusqu'à l'accouchement...

C'était ainsi que j'étais devenu le père d'un
enfant. Un petit garçon. Il était élevé par mes
parents. Ceux-ci restaient indifférents aux rumeurs
et calomnies qui couraient dans le quartier. Je ne
m'étais pas acclimaté aussitôt à ma paternité. Je
ressentais une gêne en regardant ce môme dans les
yeux. J'avais l'impression de tricher, de me mentir
à moi-même. De supplanter un père infâme, à moins
que la mère de l'enfant m'eût préféré en taisant son
état au vrai père. Hypothèse qui tenait debout, à
mon avis. L'innocence du bambin nourrissait cette
gêne permanente. Elle paralysait mon élan envers

ce petit être qui, aux dires de ma mère, me ressemblait. Les mères sont toutes les mêmes. Elles voient la ressemblance partout, quitte à remonter à un ascendant au douzième degré.

Était-il mon fils ? Étais-je son père ? Qu'est-ce qu'un père ? Est-ce le géniteur ou bien celui qui endosse le fardeau d'élaguer les sentiers de l'enfant, d'aplanir les mornes de sa route, de lui assurer une chance de bâtir son existence ? Et si le vrai père de l'enfant n'habitait qu'à une ruelle de chez nous ?

Je n'avais plus adressé la parole à Adeline. Elle passait par l'intermédiaire de mon père pour me parler. Sa gentillesse et sa disponibilité à l'égard de mes parents lui valurent un capital d'estime incommensurable et auquel je devais faire face. Elle aidait ma mère à vendre ses arachides au Grand Marché. Ma mère avait de l'attention pour celle qu'elle prenait maintenant pour sa propre fille. Ma sœur se rallia à leur cause. Elle accompagnait Adeline en ville pour les achats de la nourriture du petit et au dispensaire pour ses pesées et ses soins. J'étais isolé. Je les trouvais tous en pleine causerie, riant à gorge déployée. Je boudais dans mon coin sans changer d'un iota le comportement des miens. Ils m'imposaient indirectement la présence d'Adeline. S'il m'arrivait accidentellement de lui répondre, c'était pour proférer des mots durs à propos de ses mœurs. Je ne m'en prenais pas au gosse. Ma mère, devant la famille et Adeline, me demandait de le prendre dans mes bras et de le bercer.

Ma résistance s'émoussait petit à petit. La monotonie s'abattait. Ma rancœur s'étiolait. Je me surprenais en train de discuter avec Adeline, l'enfant roupillant sur mes jambes...

Moki fut enfin de retour...

Il avait pris du poids. Encore plus Parisien que jamais. On distinguait ses veines, tellement il avait blanchi sa peau. Il portait des lentilles. Ses yeux étaient bleus. Il fumait une pipe. Il disait que c'était le *look bourgeois*. Je l'accompagnais partout où il allait. J'étais devenu un valet. Muet, j'attendais derrière lui quand il s'entretenait avec des amis ou des jeunes filles. Cette situation commençait à m'irriter. Le Parisien avait la manie de m'oublier derrière. Il me présentait lorsque cela l'arrangeait. Il disait que j'étais un futur Parisien et que j'étais en stage avant le grand jour. Là, ma poitrine se remplissait d'air. Je m'imaginais déjà comme lui. Dans ma tête, je dressais la liste des priorités une fois que je serais à Paris.

Que ferais-je pour la famille ?

D'abord envoyer de l'argent à mon père afin qu'il rembourse mon oncle. Ensuite démolir notre vieille maison en planches et la remplacer par une en dur. Une grande. Une magnifique villa. Au fond, je rêvais que cette villa fût plus belle que celle des Moki. J'achèterais aussi des voitures. Mes parents en feraient leur commerce. Ma mère arrêterait de s'humilier derrière un étal du Grand Marché, à vendre des arachides au détail. Elle s'occuperait uniquement d'encaisser les recettes quotidiennes de mes taxis. Elle donnerait les clés des voitures chaque matin au chauffeur. Il me faudra aussi un magasin d'alimentation générale. Moki n'y avait jamais pensé. Ce magasin serait sous la direction de mon père. Ma sœur en serait la caissière. Je savais qu'ils associeraient Adeline.

Je n'oublierai pas une pompe à eau. De même l'électricité. Nous vivions avec des lampes tempête et des bougies. Nous ne faisions pas nos devoirs parce que, le soir, nous n'avions pas de lumière, pas d'argent pour acheter une bougie ou un litre de pétrole pour la lampe.

Nous avions abandonné nos études ma sœur au collège, moi dès la première année du lycée. Ma sœur voulait devenir sage-femme. Moi, j'aurais voulu faire des études de droit. Être un juge ou un avocat. Pour cela, il fallait obtenir le bac, aller à l'université à Brazzaville, à plus de cinq cents kilomètres de chez nous. Cet effort recommandait dès le secondaire de lire, réviser, acheter des livres qui n'étaient plus offerts comme au primaire par l'IPAM (Institut pédagogique d'Afrique et de Madagascar). À l'école primaire, nous ne lisions pas à la maison. Notre mémoire était si réceptive qu'on retenait une fois pour toutes ce que le maître nous disait ou écrivait au tableau. C'est un miracle que je ne me suis jamais expliqué. En grandissant, cette faculté s'amenuise. Le cerveau, sollicité et préoccupé par moult découvertes, exige de l'exercice, de l'entraînement et de l'endurance permanente. Lire, réviser deviennent des impératifs. Nous n'avions pas de lumière.

Lorsque nous l'avions, il ne fallait pas laisser la lampe allumée longtemps afin d'économiser le pétrole pour les autres jours à venir. Éteindre tout en dormant à sept heures du soir.

Nous aurions cette fois de l'électricité, du courant, des interrupteurs, des ampoules, tout ça, nous l'aurions. Je le promettais. L'eau coulerait à flots dans la cour. Le quartier viendrait aussi chez nous acheter des dames-jeannes d'eau...

Je calquais finalement ma réussite sur celle de Moki. Lui avait commencé et était avancé dans la réalisation de ses ambitions. Pour moi, tout restait à venir. J'avais à prouver ma capacité à réussir. À faire comme Moki, sinon plus. L'élève vit dans cette perspective. Dépasser son maître. Fixer la barre encore plus haut. J'étais prêt à tout. J'étais résolu à m'épuiser. À travailler en France vingt-quatre heures sur vingt-quatre.

Comme un nègre...

La date du départ était arrivée.

Nous allions prendre l'avion vers la fin de la saison sèche. C'était au mois d'octobre. Un dimanche...

Dimanche 14 octobre.

Le jour du repos exigé par le Seigneur. Mes parents étaient là. Ma mère vêtue d'un ensemble neuf de pagnes multicolores avec comme motif le portrait du président de la République hilare, bénissant des enfants dans un hôpital de la brousse profonde.

Mon père, lui, était habillé d'un ensemble boubou ouest-africain, avec des broderies étincelantes au niveau des épaules et de la poitrine. Il avait dû batailler pour trouver ces habits. Une semaine plus tôt, il avait fait un tour à Pointe-Noire, au centre-ville, et avait pris à crédit l'ensemble de ma mère et le sien chez un Libanais qui le connaissait. Un vieil ami. Malgré leur amitié, le commerçant avait émis des réserves. La faveur sollicitée, selon lui, dépassait la solvabilité potentielle de mon père. Un ensemble, oui. Deux, ça faisait trop. Mon père l'avait convaincu que la circonstance était exceptionnelle :

le départ de son fils aîné, son unique fils, en France.
À Paris.

Les yeux du Libanais avaient pétillé d'admiration.
Avec un accent heurté, il s'écria :

– Paris ?... Mais il faut fêter ça, camarade !

Il le conduisit dans l'arrière-boutique.

– Je t'en prie camarade, suis-moi.

Ils pénétrèrent dans une pièce obscure où le
commerçant stockait ses nouveaux arrivages. Une
odeur forte de naphtaline dissuadait les termites et
autres bestioles de leur embranchement de lancer
une offensive sur la marchandise du Libanais.
L'homme était bien paré. Sur une étagère, une collection de Flytox et divers insecticides similaires :
c'était son armada dans la guéguerre qu'il livrait
surtout contre les cafards trop enclins à déposer
leur progéniture dans les poches intérieures des
vestes.

Mon père et le commerçant s'étaient perdus au
milieu de vêtements qu'ils écartaient pour se frayer
un passage. Le Libanais avait allumé la lumière dans
la pièce, et il dit à mon père de se sentir comme
chez lui :

– Je te laisse choisir ce que tu veux. Tu me
rejoins pour signer le cahier dès que tu auras fait
ton choix.

Mon père était réapparu avec deux ensembles. Il
avait choisi pour ma mère. Le soir, chacun essaya
son ensemble devant le miroir.

Le couple était prêt...

Ma sœur était sobrement habillée. Un tee-shirt
blanc avec un pagne bleu noué autour de ses reins.
Mon oncle se moquait comme de l'an quarante de

la circonstance. Il avait été en France à la fin des années cinquante pour ses études. En ce temps-là, rappelait-il à l'occasion, pour croiser un nègre là-bas il fallait passer la ville au peigne fin toute la journée ou alors attendre la sortie des ouvriers devant une usine de Renault ou de Simca. Mais, soulignait-il, ce pays avait changé depuis ; il ne pourrait même plus reconnaître là où il résidait.

Mon oncle portait un jogging Adidas et avait des tongues aux pieds. D'ordinaire il mettait un costume. Le dimanche non. Il n'avait pas modifié ses habitudes.

Ma sœur avait prêté une de ses robes à Adeline. Elle était déjà tachée. L'enfant avait régurgité sur son épaule et pleurait. Adeline ne parvenait pas à l'empêcher de crier. Le grondement des avions qui atterrissaient et qui décollaient devait l'intimider. Le gamin ôtait nerveusement la sucette en caoutchouc qu'on lui mettait dans la bouche pour l'apaiser. Mes parents ne retenaient plus leurs larmes. Ma sœur aussi. J'avais vu Adeline dissimuler ses sanglots.

Mon père me prit par la main.

Je m'y attendais. Nous sortîmes du hall et allâmes vers un endroit moins fréquenté de l'aéroport. L'herbe sèche et haute nous entourait. Des outardes, lassées de s'envoler loin dans ce ciel de saison sèche habité par d'immenses cumulo-nimbus, rasaient de près nos têtes et allaient se poser sur des arbustes du voisinage. Un camion de la sécurité de l'aviation nous dépassa. Il cahotait et expectorait une fumée noirâtre qui s'enfuyait d'un tuyau d'échappement tortueux, érodé et abîmé par le frot-

tement ininterrompu sur le macadam des routes de
l'aéroport. Le chauffeur en uniforme bleu nous fit
un geste avec son index. Il voulait dire que nous
n'étions pas en sécurité là où nous nous trouvions.
Cette herbe sèche et haute était une piste d'atter-
rissage de secours. Nous ne suivîmes pas ses consignes. Nous marchions. Nous marchions toujours.
L'avion ne partirait pas avant huit heures du soir.
Nous étions largement en avance. C'était mon père
qui l'avait voulu, malgré ce que Moki lui avait expliqué.

— Je n'ai jamais pris d'avion de ma vie, avait-il
fait remarquer, mais je sais que, comme pour le
train, c'est au voyageur de l'attendre et non le
contraire...

Et nous nous étions retrouvés à l'aéroport parmi
les premiers. Mon oncle nous avait tous entassés
en sardines à huile dans sa voiture pour nous déposer vers quatre heures de l'après-midi. Nous avions
traversé le quartier, puis le centre-ville de Pointe-
Noire. Des amis me saluaient au passage. Nous
n'avions aucun bagage lourd à peser. C'était pour
cette raison que mon père me proposait qu'on
s'éloigne de plus bel. Nous nous assîmes sur un tertre herbeux. L'aéroport était de l'autre côté, un peu
plus loin.

Mon père ouvrit son discours par des considéra-
tions générales. Il tourna autour du pot, plaisanta
un peu sur les filles du quartier, sur leur manière
de faire bouger leur derrière lorsqu'elles m'aperce-
vaient ces derniers temps.

D'un coup, il devint sérieux. Il me prévint de me
méfier de la vie. Je voyais où il voulait en venir. Ne
pas toucher les femmes des Blancs. Il avait entendu

dire par l'un de ses amis, un cuisinier qui avait vécu en Europe, que le Blanc n'hésitait pas à employer l'arme à feu ou la tronçonneuse pour une question de femme alors que nous, au pays, si on le désirait on pouvait épouser plusieurs femmes.

– N'épouse pas une Blanche, on m'a aussi dit que ceux qui se marient avec des Blanches renient leur famille. Est-ce cela que tu veux ? Pense à ta vieille mère, à ton père, à ta sœur et maintenant à cet enfant que tu nous laisses. Si tu te maries, j'ai le droit de venir chez toi quand je le veux et sans prendre un rendez-vous. Ce n'est pas comme ça avec les femmes de là-bas. On me l'a dit. Dans ces foyers, alors qu'ils sont en train de manger, au lieu de convier le visiteur inopportun à table, ils lui donnent un journal à lire. Non, pas ces femmes. Elles préparent la nourriture en ne comptant que le nombre de têtes habitant sous leur toit. Ma mère et ma grand-mère ont toujours cuisiné en prévoyant une visite surprise d'un membre de la famille ou d'un étranger. Ce sont les valeurs qu'elles nous ont transmises et auxquelles nous sommes attachés, mes frères et sœurs, tes oncles et tes tantes. Il ne faudra pas les perdre. Ouvre la porte à celui qui frappe, quel qu'il soit, s'il le fait pour demander à manger ou à boire un verre d'eau. La nourriture n'est rien. On mange le matin, on rejette le lendemain en se bouchant les narines, tellement ça sent. Ta conscience, ton éducation, elles, ne puent pas. Elles sont inodores. Ce pays des Blancs, je ne sais pas comment il est. Sois prudent, regarde autour de toi et n'agis que lorsque ta conscience à toi, et non pas celle d'un autre, te guide.

« Oui, il est plus facile de réparer l'erreur ou la

faute que sa propre conscience a commise. Ce sera mes dernières paroles, moi ton père, celui qui ne possède rien et qui n'envie rien à personne... »

Il regarda autour de nous.

Personne n'errait dans les lieux. Il fouilla dans les poches de son boubou et sortit une feuille de palmier sèche et une motte de terre enveloppée dans un bout de papier.

– Tu ignores bien sûr d'où vient cette terre rouge...

Je fis non de la tête et le sollicitai du regard pour qu'il me dévoile où il l'avait prise. Il m'apprit que c'était la terre de la sépulture de sa mère, ma grand-mère. Il me dit de me mettre à genoux. Je le fis sans hésitation. Il me tint la tête et psalmodia des paroles, les yeux fermés. Il me dit ensuite de m'étendre en long par terre, les yeux clos.

Je m'exécutai.

Il m'enjamba trois fois de suite et me demanda de me relever. Il m'étreignit de toutes ses forces. Je vis des larmes torrentielles ruisseler sur ses joues creuses...

En revenant vers l'aéroport, nous croisâmes le camion de la sécurité de l'aviation qui allait dans l'autre sens. Le chauffeur nous considéra derrière un méandre de fumée et nous entendîmes longtemps le crissement du tuyau d'échappement sur le bitume. Nous revenions, mon père et moi, la main dans la main, et nous essuyâmes la colère sèche de ma mère qui s'inquiétait que nous eussions mis du temps à parler d'elle ne savait quoi alors qu'on avait l'occasion de le faire à la maison. Mon père l'apaisa d'un geste pondéré et voulut savoir si Moki et ses parents étaient arrivés. Mon oncle, taciturne et un peu en retrait, répondit en indiquant d'un geste de la tête le lieu où le Parisien pesait une grosse valise. Il était là, non pas avec ses parents, mais avec Dupond et Dupont. Ces deux derniers, animés par leur légendaire présomption, froissèrent quelque peu mes parents lorsqu'ils roucoulèrent en chœur que leurs père et mère, accoutumés à ce genre de voyage, s'en dispensaient maintenant...

La nuit était tombée. Nous devions avancer.

Moki et moi étions de l'autre côté du hall. Nous avions franchi la barrière de contrôle de l'aéroport. On nous faisait attendre dans une pièce vitrée où on devait procéder aux ultimes vérifications de papiers avant l'embarquement. De cette pièce, nous ne pouvions saluer que de loin ceux qui nous accompagnaient. J'avais auparavant embrassé ma famille. Ma mère n'avait pas eu de mots, sa gorge était nouée par l'émotion. Elle m'avait embastillé dans ses bras comme si elle ne me reverrait plus jamais. Je la regardais, la dévisageais de plus près. J'avais moi aussi le pressentiment de la voir pour la dernière fois. Ce sentiment est celui de tout fils qui laisse ses parents. L'angoisse de la distance, l'avancée de l'âge, les cisailles des regrets sont autant de maux qui rongent l'intérieur de la personne qui reste et de celle qui s'en va. Cette femme brave et dévote, ma mère, était désormais pour moi une autre femme. La séparation me compressait l'estomac. Ma mère ne me lâchait plus. Elle ne proférait plus un mot, laissant à ses larmes l'expression de la douleur qu'elle subissait. Avec mon père, l'embrassade avait été lapidaire d'autant que ma mère veillait sur lui, un peu rancunière de notre

vadrouille de complices dans les herbes de l'aéroport.

Mon oncle m'avait secoué la main avec vigueur
et m'avait tapoté l'épaule. Ma sœur souriait, mais
elle était en larmes. Adeline gardait son regard au
sol. Elle n'osait affronter le mien. En réalité, je la
fuyais aussi du regard. J'avais pris l'enfant dans mes
bras pour l'embrasser. Je le fis également pour elle.
Ce qui avait détendu la famille qui y avait entrevu,
de ma part, un acte de reconnaissance tacite de
l'union entre elle et moi...

J'étais tout fluet à côté de Moki. L'attente me
pesait dans cette pièce. Je n'avais qu'un petit sac
de sport. Il n'y avait presque rien à l'intérieur. Deux
pantalons, une chemise, une paire de chaussures
noires, mes produits de toilette, une photo de ma
famille, de mon fils et d'Adeline. J'étais habillé légèrement, avec des pantoufles quoique Moki m'eût
prévenu que l'automne pouvait être rude pour qui
n'a connu jusqu'alors que le climat tropical...

Les vérifications d'identité opérées, nous embar-
quions. Mon cœur battait très fort. Le songe devenait réalité. Moki et moi étions assis côte à côte. Du
hublot, je vis le pays se rétrécir, ne devenir qu'un
point minuscule illuminé sporadiquement.

Moki avait-il fait attention aux larmes chaudes
qui embuèrent mes yeux sans que je sache pourquoi je pleurais ? D'où venaient-elles ? Je les avais
sûrement contenues. Elles retenaient leur cours
quelque part dans mon inconscient. L'ascension a
tout chamboulé. L'idée d'être arraché. Celle de bas-
culer d'un monde connu à un autre à connaître.

Toutes ces idées ont précipité le débit de ces larmes.

J'étais là. Moi, l'ombre de Moki...

Nous écumions les nuages et pénétrions dans les gouffres du ciel. Le noir profond, monotone et mystérieux, nous avalait lentement. La sensation d'immobilité de l'avion hâtait en moi une somnolence que, sans succès, j'escamotais pour ne pas décevoir Moki. Hélas, c'était à peine si j'entendais encore sa voix. Il me parlait. Des bribes de mots. Des noms : Préfet, Benos, Soté... Un lieu : la rue du Moulin-Vert...

Nous voyagerons toute la nuit, semblais-je entendre dire. Paris n'apparaîtra qu'aux premières lueurs de l'aube. C'était bien ce qu'il me disait.

Je ne l'écoutais plus...

DEUXIÈME PARTIE

Paris

*Il paraît que les portes de l'enfer
avoisinent celles du paradis.
Le grand menuisier les a conçues
dans le même bois vulgaire.*

Abdellatif LAABI, *Le Spleen de Casablanca.*

RUE DU MOULIN-VERT (Paris 14e)
MARCEL BONAVENTURE
ÉRIC JOCELYN-GEORGE
CHÂTEAU-ROUGE (Paris 18e)
L'AGENT IMMOBILIER
L'ITALIEN
CONFORAMA
LE PIOCHEUR
PRÉFET
LA SEINE-SAINT-DENIS

Je dois me rappeler ces jours.

Il le faut.

Je ne dois me laisser distraire par aucun nuage sombre de l'oubli. Tout se suit dans la lenteur du souvenir. Le passé n'est pas seulement une ombre usée qui marche après nous. Il peut nous dépasser, nous précéder, bifurquer, prendre un autre chemin et s'égarer quelque part. C'est à nous de le retrouver, de le prendre sur nos épaules et de le remettre sur ses jambes.

Je dois me rappeler.

Comme si c'était hier. Comme si je revivais ces instants-là, avec ma candeur de *débarqué*. Les paupières s'ouvrent enfin sur ces jours, sur ces nuits.

Encore un effort.

Repousser la facilité de l'abandon, l'abdication et la résignation. Quelque part m'attend la limpidité de la vérité qui se rebelle, celle qui refuse de se terrer...

J'ai passé des heures à me flageller afin de punir ces membres, cette tête, ces yeux, ces oreilles qui ont égaré mon sens de discernement et qui aujourd'hui m'ont lâchement abandonné à mon sort.

Me flageller n'était pas non plus une solution. La tranquillité ne recouvre l'âme que lorsque l'homme assume ses actes. Je voudrais simplement trouver un passage, une voie de sortie dans cet abîme. Je n'implore pas l'aide du souvenir pour quémander une quelconque absolution. Ce qui est fait est maintenant fait. Toutes mes pensées sont en branle, dressées et en file indienne. Ce qui me préoccupe, c'est d'orienter leur train de sorte qu'elles ne déraillent pas sur la pente des regrets...

Il faut que je me rappelle ces jours.

Ces jours si lointains. Si proches. Ces jours qui m'ont conduit ici. Moi, Marcel Bonaventure. Vous avez bien entendu, Marcel Bonaventure...

Je dis ce nom parce que je m'y suis, à la longue, habitué alors même qu'il n'est pas le mien. En réalité, je ne sais plus qui je suis. Ici, on a une faculté infinie de se dédoubler, de ne plus être ce qu'on a été pour être ce que les autres voudraient que vous fussiez et autant de fois qu'ils le voudraient. Certes, les circonstances leur donnent raison. On ne peut faire autrement. C'est ainsi qu'on se forge sa propre forteresse. Je n'ose dire sa propre fosse puisque je compte, quoi qu'il arrive, m'en sortir.

Porter un autre nom.

Oublier le sien pour les besoins de la cause. S'éloigner du monde ordinaire, du monde de tous les jours. Être à la marge de tout.

Moi, Marcel Bonaventure, je dis et redis que jusqu'au jour où j'ai foulé la terre de France, ce lundi

15 octobre, à l'aube, mon nom était encore Massala-Massala. Le même nom répété deux fois. Dans notre patois, cela veut dire : *ce qui reste restera, ce qui demeure demeurera*. Le nom de mon père. Le nom de mon grand-père, de mes arrière-grands-parents. Je pensais que le nom était éternel, immuable. Je pensais que le nom reflétait l'image d'un passé, d'une existence, d'une histoire de famille, de ses heurts, de ses déchirements, de sa grandeur, de sa décadence ou de son déshonneur. Oui, je pensais que le nom était sacré. Qu'on ne le changeait pas comme on change de vêtements pour mettre ceux qui correspondent à une réception donnée. Qu'on ne prenait pas un autre nom comme ça, sans savoir d'où il vient et qui d'autre que vous le porte.

Mais qu'est-ce que le nom dans notre petit monde à nous, ici, loin du pays natal ? Le nom, une étiquette sur la marchandise, un passeport qui ouvre les frontières, un laissez-passer permanent. Le nom ne valait rien.

Le nom n'a aucune histoire pour nous...

Je suis Marcel Bonaventure, ça, je m'en souviendrai. Quoi qu'il m'advienne. Je ne peux plus le rayer de ma mémoire, ce nom. Je le porte comme je porte le nom de Massala-Massala. Je ne suis plus une seule personne. Je suis plusieurs à la fois. Quelqu'un prononcerait dans la rue le nom de Marcel Bonaventure ? Je me retournerais. Comment gommer ce nom-là ? Il est en moi. C'est une question de dédoublement.

Je ne parle même pas de l'autre nom, Éric Jocelyn-George. Non, je ne voudrais pas brouiller l'intelligibilité de ma réminiscence. C'est assez confus comme ça sans parler de ce troisième nom : Éric Jocelyn-George. C'est encore moi. Moi, Mas- sala-Massala. Chaque nom a son histoire. Chaque nom est une période, un fait de mon existence.

Où sont-ils, ceux de notre milieu ?

Où sont-ils donc ? Je tâte les murs du silence. Pourquoi n'entends-je que l'écho de leur voix ? Ils avaient tous des ailes pour s'envoler lorsque la pierre, jetée par un enfant turbulent, était tombée en plein milieu de la cour où nous nous disputions un morceau de pain comme des oiseaux. J'ai voulu m'envoler, moi aussi. Je n'étais qu'un oisillon. On ne vole pas d'un seul coup sans appréhender le vide, la force de la pesanteur. Il faut procéder par étapes. Gravir les marches de la patience. Étirer d'abord les ailes, les battre ensuite dans le sens du vent. Recroqueviller les pattes et quitter le nid pour un premier envol. Je n'étais qu'un oisillon. J'ai volé par mimétisme.

Voilà pourquoi je me suis retrouvé ici...

Je résidais à Paris depuis quelques mois.

Je me remettais de ma commotion. Le choc de la réalité me rongeait. Moki, tant bien que mal, s'évertuait à me consoler, flairant que je sombrais dans le désenchantement. Il n'y pouvait plus rien. Je lui en voulais de n'avoir pas été plus précis sur un certain nombre de choses. Sur l'essentiel. Ma décision sans doute n'eût pas été la même.

Je supposais qu'il avait péché par omission. Une omission volontaire. La plus grave qui fût. Celle qu'on prend du temps à absoudre, tellement elle frôle le mensonge, l'hypocrisie et la lâcheté.

Je ne lui adressai pas la parole au cours des premières semaines. Puis un mois entier. Je me repliais sur moi-même. J'édifiais un mur entre lui, son monde qui allait, qui venait et moi, immobile, taciturne, ruminant les feuilles amères d'une rancœur qui enflammait mes poumons. Il avait constaté mon dépit. Les autres et lui l'avaient tous constaté. Une sorte d'amertume dont le goût saumâtre me remontait à la gorge lorsque je contemplais cet environnement. Mon silence les désarçonnait. Quant à Moki, il s'attendait à une réaction plus virulente face au décor que j'avais trouvé devant moi. Une réaction de révolte. Il s'imaginait que j'allais exiger des explications. Mais non. Le silence. Seul le silence. Pas de questions du genre : Pourquoi ?... Comment se fait-il que ?... Mais où sont les ?...

Pas ce genre de questions.

*
* *

Tout s'était passé vite.

La réalité nue. L'impossibilité de faire marche arrière. L'obligation de s'intégrer dans un milieu. Le temps qui paraissait rétif, suspendu sur les branches de la désillusion. Le sommeil. Toujours le sommeil. La désolation feinte de Moki qui disait avoir fait tout ce qui était en son pouvoir pour que je sois en France. Le reste ne dépendrait que de moi. De ma volonté de réussir et de m'en sortir. Il me donnerait un grand coup de pouce. Pour l'heure, je restais en contemplation, ne sachant vers où m'orienter. J'étais suspendu à la volonté de Moki et, je le réalisai plus tard, à celle des autres, du milieu...

Ce n'était pas tant l'oisiveté qui me cisaillait, mais l'envie d'écrire au pays. C'est une urgence dans l'esprit de tous ceux qui laissent un pan d'eux-mêmes à des milliers de kilomètres. Les mots sont désormais les seuls liens. Une lettre dans la boîte est la bonne nouvelle de la journée, voire du mois lorsque ces missives s'espacent, le temps érodant la volonté...

Me revient en mémoire cette histoire de la lettre

de Marie-Josée. C'était ce jour où je fus pris d'une nostalgie profonde. Je ressentis ce vide angoissant, cette envie d'écrire au pays, à mes parents, à quelques amis, pour leur donner de mes nouvelles et leur parler de notre existence ici. Le visage de ma mère m'apparut – très affecté, ravagé par l'absence. Celui de mon père, serein mais balayé par une inquiétude bien dissimulée. Les rires larmoyants de ma sœur, toujours insouciante. Elle, je l'imaginais confiante, sûre d'elle. Adeline avait, dans mon esprit, le visage baissé. L'enfant pleurnichait sur ses genoux. Mon oncle était présent avec sa tenue négligée. C'était donc un dimanche. Autrement il aurait été en costume, avec *une corde au cou*. L'herbe jaunie par le coucher du soleil de la saison sèche. La nostalgie m'imposait ses remparts. On n'échappe pas à cet appel qui gronde des sous-sols de l'âme comme le piétinement d'un troupeau de buffles apeuré par un feu de brousse. J'avais préparé plusieurs lettres écrites à l'encre de la colère et de l'exaspération. Une dizaine environ. Notre vie parisienne était détaillée sans complaisance. Des noms, des lieux étaient évoqués. Au pays, on saurait ce que je faisais exactement. Là où je vivais. Dans quelles conditions. Avec qui. Ce que faisait Moki. Ce que faisaient tous les autres. Ils sauraient tout...

Je devais écrire.

Qu'est-ce qui m'a exhorté à requérir, au dernier moment, l'avis de Moki ? Il exigea d'ouvrir les missives. Il les lut l'une après l'autre et me qualifia de naïf, d'irresponsable, de pauvre Paysan.

– Pour qui te prends-tu ? Tu perds ton temps ; ils ne te croiront pas, au pays. Ces gens-là n'ont jamais changé, et ce n'est pas les larmes que tu auras versées qui les apitoieront. Ils aiment le rêve. Tu entends, le rêve. Ce sont des enfants, ils raffolent de sucreries et ne comprennent pas que, pour les acheter, il faut l'argent qu'on obtient au prix de maints efforts et sacrifices. Ne leur explique pas que *Paris est un grand garçon*. Tout ce que tu écriras n'engagera que toi-même et tu seras la risée du quartier...

Je n'ai plus envoyé de correspondance au pays. Je n'ai plus donné de mes nouvelles. Comme tous ceux qui m'entouraient. Ainsi, disaient-ils, ménageait-on le suspense au pays. Là-bas, ils doivent se demander ce que tu es devenu. Le mystère doit t'auréoler. C'est comme ça qu'on se façonne une image. Une bonne image. Une image de *battant*. Une image de Parisien. Si je voulais écrire, la lettre devait relater tout le bien que je pensais de Paris. Moki me corrigerait. Il ne raterait pas l'occasion de caser, ici ou là, un superlatif plus ampoulé que le mien.

J'eus un fou rire en parcourant cette lettre type que tout le monde recopiait. Une lettre destinée à une copine au pays. Elle traînait, accrochée au mur de la pièce, tout près de la glace brisée. Qui l'avait rédigée pour le plaisir et le bonheur de la communauté ? Je ne le savais pas. Ceux qui la recopiaient ne remplaçaient que le prénom de la destinataire. La lettre type était adressée à une certaine Marie-Josée, la dulcinée de l'auteur anonyme. À voir la manière dont elle était mâchurée, on comprenait que les compatriotes s'étaient tous exercés dans l'art du calque. La lettre était claire et résumait notre volonté de perpétuer le rêve.

Ma chère Marie-Josée

Je t'écris en face de la tour Montparnasse que je contemple chaque matin depuis la salle de bains de notre magnifique appartement du quatorzième arrondissement. L'été vient de s'achever sur la plus belle ville du monde. Nous allons vers l'automne, pour ensuite admirer la splendeur blanche de la neige en hiver.

Je t'ai acheté beaucoup de cadeaux, des vêtements de grands couturiers du faubourg Saint-Honoré. Je t'ai aussi acheté une paire de mocassins Weston. Je veux bien te les envoyer mais je crains que tu ne fasses la java avec mes adversaires locaux, des gens qui ne savent même pas combien coûte un pantalon Yoshi Yamamoto. Moi je n'ai plus rien à prouver. Je suis un Parisien avec un grand P.

J'ai survolé le ciel en avion pendant une nuit entière et j'en ai même profité pour faire mes besoins alors que nous planions sur le pays, chose qui n'est pas donnée à n'importe qui, surtout pas aux paysans. C'est dire que j'ai nourri les poissons de notre océan Atlantique. Je compte t'épouser pour le meilleur seulement, il n'y aura pas de pire avec moi. Je te donne ma parole de Parisien. Compte sur moi, je prépare notre avenir. Je t'embrasse tendrement. Je t'aime, ma petite Golden (c'est comme ça qu'ils appellent le genre de pommes que j'aime ici)...

Ton fiancé parisien.

*
* *

J'avais ouvert les yeux sur un autre monde.

Qu'est-ce que je voyais devant moi ? Ces personnes noctambules. Ces conciliabules qui tiraient en longueur. Ces murmures sur le palier. Je doutais de ma présence. De ce Paris-là. Du Paris de Moki. Des autres compatriotes. De ceux qui le voyaient ainsi et qui s'en accommodaient.

Que pouvais-je faire ?

Je ne dus pas attendre longtemps pour apprendre à vivre autrement. Entre l'effet de surprise et l'attitude de Moki, j'étais partagé. Le cercle s'était refermé derrière moi. Moki avait deux visages. Il portait plusieurs masques. Un masque pour le pays. Un autre pour Paris. Sa fermeté m'avait sidéré. Je pouvais la supporter ; il me suffisait de ne pas lui répondre. Cette autorité m'incommodait. Une autorité gagnée simplement parce qu'il était le premier à avoir foulé cette terre de rêve. Il était dans son monde. C'était à moi d'y trouver ma place. La petite place qu'il m'accorderait...

Et notre gîte ?

Je n'y croyais pas. Je ne voulais pas y croire. J'y vivais pourtant depuis quelques mois. J'y croupissais. Il fallait s'y faire. Nous habitions là, métro Alésia, au septième étage, dans une chambre de bonne du quatorzième arrondissement, rue du Moulin-Vert. Une lucarne donnant vers le ciel répandait une médiocre lumière du jour. Juste une petite lumière qui piaffait la matinée entière avant d'éclairer la pièce, car elle devait contourner les crêtes et les toits en tuile rouge des immeubles voisins. Aucune autre ouverture. Rien.

L'entourage était un engrenage d'immeubles vétustes, disparates et sans vie. On voyait rarement les gens sortir. Quand, par hasard, ils étaient dehors, ils pressaient le pas, circonspects, pénétraient dans le bazar de l'Arabe du coin et regagnaient leur immeuble aussitôt. Des voitures étaient garées le long des deux chaussées. Elles semblaient n'avoir jamais bougé de là.

Ce qui me frappa dès le premier jour, ce fut cette pancarte à l'entrée de la grande porte cochère sur laquelle on lisait que le bâtiment, le nôtre, était en cours de démolition. Le numéro de l'arrêté municipal était écrit en rouge. On prévoyait des travaux pour une école et une cantine maternelles. Pour juguler mes craintes et ma stupéfaction, Moki avait repris sa formule dont je perçus enfin le sens dans toute sa profondeur :

– *Paris est un grand garçon*, fit-il. Oui, un grand garçon, majeur et vacciné. Oublie le Moki du pays. Ne te pose pas de questions et contente-toi de réaliser l'objectif qui t'a conduit jusqu'ici. Pour cela, tous les moyens vont être bons. Je dis bien, tous les moyens. Tu vas commencer par te remuer et à apprendre à vivre comme nous ici. Il n'y a pas d'autre voie de réussite que celle-là. À toi d'y réfléchir. Qu'est-ce que tu veux que je te dise ? De reprendre le premier avion ? Tu peux le faire, tu sais déjà ce qui t'attends au pays. Plus que la honte, le bannissement... Quant à cet immeuble, mets tes craintes au frigo, j'ai le contrôle de la situation. Il y a belle lurette que cette pancarte a été plantée là. Personne ici n'a aperçu un seul Caterpillar devant l'entrée. Estime-toi donc heureux de ne pas payer de loyer, c'est un bon départ pour les économies.

On te montrera les ficelles pour prendre l'argent là
où il sommeille, sans trop suer. Pour l'heure, je verrai Préfet, mon pote, qui te fabriquera tes papiers
dès que ton visa de touriste sera périmé. C'est un
type bien et concret, tu t'en rendras compte. Ici,
nous sommes en terre étrangère. Le jugement dernier, c'est au pays. On nous attend là-bas, il n'est
pas question d'y retourner les mains vides. Qui
commettrait un tel crime ? Seuls les Paysans...

*

*   *

Nous n'avions pas d'ascenseur pour arriver
jusqu'au septième. L'immeuble n'était pas éclairé et
il exhalait la moisissure. Il n'avait pas non plus
d'autres occupants que nous.

Nous entendions, depuis la chambre, tous ceux
qui montaient ou descendaient. Des amis à Moki
que je ne connaissais pas. Nous dormions tous là,
chacun ignorant ce que l'autre faisait le jour. Ces
amis arrivaient très tard dans la nuit tels des félins,
des maîtres dans l'art de poser leurs pas sur les
escaliers en bois sans les faire craquer. Dans la
pièce, ils chuchotaient, décapsulaient des Heine-
ken, mangeaient des poulets fumés et se couchaient
vers deux heures du matin pour se lever à cinq heures.

Nous nous réveillions le lendemain les uns sur
les autres, tels des cadavres liés par le sort d'une
fosse commune. Pour dormir, il fallait faire preuve
d'une intelligence suprême et se dispenser de toutes ces positions encombrantes, comme s'étaler en
long ou écarter les jambes et les mains. L'espace se

monnayait cher, à coups de coude et de genou au besoin. On ne devait pas trop gesticuler pendant son sommeil ni libérer des gaz. Nous nous pliions en quatre, certains sous la petite table en plastique, l'unique meuble de la pièce, d'autres dans les encoignures. Le concert des ronflements ne dérangeait plus personne. On ne savait pas qui ronflait. Nous nous couchions à même le sol en déployant de grosses couvertures en laine. Moki, le *propriétaire* des lieux, professait qu'en territoire étranger, dès qu'on s'achète un lit, on est cuit. On est foutu pour de bon. On finit par oublier le chemin du retour au pays.

Je n'avais pu dénombrer tous les occupants de la chambre. Ce n'était pas les mêmes. Nous étions plus d'une douzaine de compatriotes à coucher dans cette pièce exiguë.

Je dormais toute la journée pour contrer mon amertume. Moki et ses amis me reprochèrent bientôt cette paresse de mollusque gastéropode. On me prévint que, à ce train-là, je raterais mon retour au pays. On me détailla les règles de la prudence. Fermer la porte, ne pas dormir avec la lumière de la bougie. Frapper à la porte selon notre code secret : un coup d'abord, puis attendre quelques secondes, deux coups ensuite, et enfin tousser – une fois seulement.

Ce monde n'était pas celui de l'indolence. L'oisiveté était le premier péché. Elle vous bouchait toutes les perspectives. Elle éloignait tous les compatriotes de votre compagnie. Un jour sans activité et l'on vous sermonnait toute la nuit. Chaque matin, la journée devait être une bataille. Elle devait débuter très tôt et se terminer tard, avec une récompense au bout. La célérité était le mot d'ordre. Je devais me réveiller. Nous n'étions plus au pays. Ici on mangeait debout, on ne fermait qu'un seul œil, les oreilles demeuraient ouvertes le jour comme la nuit. On bougeait sans cesse. On parlait peu mais on se disait beaucoup de choses en peu de temps. On ne se téléphonait pas : on ne sait jamais.

Un autre monde...

Je reconnais que, au départ, ils tolérèrent mon inactivité. J'avais l'excuse de ne posséder aucun document qui m'eût permis de travailler aussitôt et de sortir dans la rue sans l'angoisse de rencontrer un agent de police. Mon visa ne m'autorisait pas un long séjour en France. C'était un titre de touriste, de celui-là même qui voyage pour visiter un pays et non pour s'y établir définitivement. Il me fallait des papiers. D'autres papiers, si je devais résider longtemps en France. Autrement, je serais en situation irrégulière. Je ne manifestais aucune inquiétude. Pour moi, la situation s'arrangerait. Moki était là.

En attendant, quand les compatriotes s'en allaient pour *affaires*, je restais là, cloîtré, à contempler ces murs encrassés par la suie. J'ouvrais la lucarne afin de laisser pénétrer quelque temps l'air froid du matin, de sorte que l'odeur de rance qui imprégnait la pièce se volatilisât.

C'est de cette lucarne que je pus contempler le ciel d'automne de Paris. J'y cherchais déjà, dans ces nuages cendrés et touffus, l'esquisse d'une promesse de retour au bercail...

*
* *

Résigné, je me convainquais qu'il fallait aller de l'avant. C'était un grand pas que de me retrouver ici. Qui, au pays saurait que je couchais par terre ? Qui, au pays, saurait que je vivais dans cet immeuble ?

Moki avait raison. On ne croirait pas à mes jérémiades. La religion du rêve est ancrée dans la conscience des jeunes du pays. Briser ces croyances, c'est s'exposer au destin réservé aux hérétiques. Je me sentais le devoir d'entretenir moi aussi le rêve. De le cajoler. De vivre avec.

C'est ce que j'allais faire.

Je décidai de voir autrement les choses.

La joie de vivre revenait au galop. Je recommençais à sourire. On me demanda de faire la cuisine pour m'occuper jusqu'au jour où je serais actif. J'acceptai.

La cuisine du pays, je la connaissais un peu. J'avais vu ma mère et ma sœur préparer. Je pouvais faire des prodiges.

Je me suis mis à préparer les mets du pays. Pourquoi moi ? C'était aussi la règle. Parce que j'étais celui qui avait encore la mémoire assez fraîche pour se souvenir de cette cuisine. J'étais le dernier venu. Dans notre petit monde, celui-ci est un bon à tout faire. Il doit respecter ses prédécesseurs Parisiens, quels qu'ils soient. Il leur obéit, les consulte et les vénère infiniment. Il portera le surnom de *débarqué*. Cela jusqu'à ce qu'un autre *débarqué* arrive.

Cette tâche culinaire me permit de découvrir un

endroit qui allait être, plus tard, un point de repère
déterminant dans mon existence : Château-Rouge,
ce quartier situé près de Barbès, dans le dix-
huitième arrondissement.

J'allais y acheter des aliments exotiques, ceux du
pays, du continent. C'était un endroit qui me rappelait les marchés de chez nous. Les feuilles de
manioc, les tubercules et les poissons fumés me
dépaysaient. J'oubliais que j'étais en France. Je mar-
chais d'un bout à l'autre du marché, dans l'espoir
de rencontrer un visage que je reconnaîtrais. Le
monde qui y grouillait était en majorité d'origine
étrangère. Une vraie tour de Babel.

Des groupuscules d'Africains patoisaient à tue-
tête et s'esclaffaient dans des élans de gaieté fes-
tive. Ils essayaient des vêtements, des chaussures
dans les cafés d'en face. Des Maghrébins marchan-
daient des montres, des sacs et des radiocassettes
au détour d'une rue, l'œil mobile et le cou bien levé
comme des cigognes méfiantes, pour se prémunir
contre une éventuelle rafle de la police. En descen-
dant les deux rues parallèles du marché, on tombait sur ces femmes âgées qui installaient leur commerce sur la chaussée et s'assoupissaient devant
leurs marchandises en dépit du brouhaha des lieux.
Les passants devaient slalomer entre plusieurs
cuvettes d'ignames rouges de la Côte-d'Ivoire et
des caisses de bananes plantains de Bobo-
Dioulasso.

Devant la bouche du métro Château-Rouge, un
kiosque exposait les journaux des principaux pays
d'Afrique francophone et arabes. Les unes de ces
quotidiens, hebdomadaires et mensuels rivalisaient
en portraits de chefs d'État. À quelques mètres de

là, d'autres Africains bravaient le froid : debout depuis des heures, les mains gantées, ils distribuaient des prospectus qui exaltaient, dans un français estropié, les pouvoirs prétendument magiques des sorciers du continent, tous homonymes, à une lettre près. On prenait les prospectus d'une main obligée. Suivait un coup d'œil expéditif, et on les jetait au sol après les avoir froissés. La chaussée était envahie de ces bouts de papier. Les mêmes phrases pour appâter les désespérés. Promesses de guérison de tous les maux, sans oublier la stérilité, le cancer et, en passant, le sida. Promesses de retour de la femme au foyer conjugal, de réussite aux concours administratifs, d'envoûtement de l'être convoité. Un marabout se vantait même d'avoir régularisé la situation de plusieurs clandestins après avoir ensorcelé tout le personnel de la préfecture de Bobigny...

On se bousculait à Château-Rouge.

Je me fondais dans cette masse humaine hétérogène. J'achetais du manioc, du foufou, de la pâte d'arachide, du maïs. Pendant mes courses, un car de police débouchait d'une rue adjacente. Je devais, moi aussi, jouer au chat et à la souris avec les forces de l'ordre. Disparaître des lieux en douce. Avec les commerçants illicites ou en situation irrégulière quant au séjour en France, nous nous perdions dans la foule. J'inspectais de gauche à droite et hâtais le pas jusqu'à la rue voisine. Au besoin, je pénétrais dans un café et demandais un verre de monaco pour attendre que le danger s'écarte.

Les policiers repartaient bredouille.

C'était généralement une ronde de routine, que

nous prenions, à tort, pour un acharnement prémédité ou un traquenard tendu aux personnes en situation irrégulière...

*
* *

Dans notre chambre, j'allumais ce petit réchaud de camping dont les pieds rouillés et disproportionnés faisaient pencher toute charge posée au-dessus. Je rétablissais le centre de gravité avec une cuillère. Je préparais une grosse marmite de poisson salé à la pâte d'arachide avec des herbes fines. C'était un plat de résistance aux vertus soporifiques. Nous voulions dormir profondément le soir afin de prendre du poids. Un Parisien n'était pas un gringalet. On le raillerait sur le fait qu'il ne se nourrissait pas convenablement à Paris.

Mon plat se dégustait avec de la semoule traitée à notre manière. Je la malaxais. J'en faisais une pâte compacte avec de la fécule. La marmite, découverte, mijotait sur le réchaud. Chacun se servait, son assiette jetable à la main. Je recevais les compliments des gourmands. Une bonne bière accompagnait le repas.

L'ensemble des occupants, sauf moi, s'était cotisé pour le repas. Ils me remettaient la somme totale le soir et je faisais les courses le lendemain. J'étais dispensé de contribution financière, non pas parce que j'avais préparé cette nourriture mais parce que je ne travaillais pas encore. Je ne doutais pas que c'était momentané et que, le moment venu, ils n'hésiteraient pas à me prier de passer à la caisse...

Nous étions repus.

Nous rotions à qui mieux mieux sans une excuse. Les fumeurs ennuageaient la pièce. Ceux qui, malgré ces repas, ne prenaient pas du poids, avalaient des comprimés de Périactine. Avec ça, le résultat était ostensible dès les semaines qui suivaient...

Moki m'intronisa dans son milieu. Cela allait changer complètement le cours de mon existence, surtout la rencontre avec Préfet.

Je découvris une variété de personnages aux multiples visages. Des personnages complexes que je tentais de saisir. Ils jonglaient tous avec l'ombre et la lumière. Les masques qu'ils portaient le jour dissimulaient à merveille leur comportement nocturne et oblitéraient toute pulsion naturelle d'examen de conscience qui tourmenterait le commun des mortels. Ils possédaient un sixième sens aiguisé par l'expérience, les faits et l'observation de l'univers dans lequel ils se retrouvaient. Ils avaient su repérer à temps une faille dans cette société qui n'était pas la leur et pénétrer un monde qui leur était fermé. L'ascension avait pris du temps. Le temps qu'il fallait. Le temps qu'ils s'installassent. Ils étaient entrés d'abord par la petite porte, tout doucement. Ils avaient ensuite envahi l'espace progressivement et avaient enfin trouvé leurs marques, élevé les pylônes de leur empire. Là, ils régnaient sans partage. En marge de la société. C'étaient des individus imprévisibles, capables du meilleur et du

pire. Dans une fiction, ils seraient harnachés, avec
mesure, d'habits d'antihéros.

Ces nombreux personnages qui gravitaient
autour de Moki, malgré leur champ d'activité diffé-
rent, entretenaient des ramifications certaines
entre eux. Leurs chemins s'opposaient, s'entrecroi-
saient, se recoupaient, et ils finissaient par conver-
ger. Un même esprit les caractérisait. La même poi-
gne et la même rage de s'en sortir...

Il me présenta à la plupart de ces personnages.
Ses amis. Les plus influents de notre monde. Ses
proches collaborateurs, comme il le disait, nimbé de
fierté.

Leurs sobriquets m'intriguèrent. Loufoques,
mais précis quant à leur sens. Et quels sobriquets !
Chacun avait un pseudonyme qui évoquait son
domaine d'activité.

Je sus que, dans ce milieu, Moki lui-même se faisait appeler l'Italien. Ce qui ne manqua pas de
m'extirper un rire à gorge déployée, dont les occasions ne couraient pas les rues. Tout se justifiait.
Son surnom avait une raison d'être. Il était le reflet
d'une réalité. L'Italien, parce qu'il allait deux fois
par mois à Milan acheter des vêtements pour les
revendre aux compatriotes qui repartaient au pays
pour les vacances.

À son retour d'Italie, la chambre du Moulin-Vert
était investie par les vêtements. Une montagne
d'habits à détailler. Un défilé d'acheteurs, la nuit.
Des pantalons en série. Pure laine. Laine vierge.
Alpaga. Coton. Polyester. Cuir. Daim. Des costumes
en lin. Des cravates. Des chemises encore embal-
lées qu'il jetait à même le plancher afin de les comp-

tabiliser. Moki excellait dans ce commerce. Il avait un bon flair vestimentaire. Personne n'en doutait. Ses clients lui accordaient toute leur confiance et ils achetaient les yeux fermés. Il endormait fréquemment leur lucidité. Ils achetaient parce qu'ils connaissaient son passé. Un des anciens Aristocrates. Un des jeunes les plus élégants de l'époque. Un des Parisiens les plus célèbres du pays.

Lorsqu'il ne pouvait partir pour l'Italie, il bernait cette clientèle candide. Il nous assurait qu'il partait pour Milan ou pour Naples. Il arrangeait ses sacs de voyage, prenait un blouson sur son bras et s'en allait. Nous savions que ce n'était qu'un simulacre. Un leurre. Il resterait en France. Il disparaîtrait deux ou trois jours et effectuerait ses achats à Aulnay-sous-Bois ou à La Varenne, localités de la banlieue parisienne. Il dormirait dans un hôtel d'une de ces villes pour accréditer son leurre. Il rentrerait un soir et revendrait ces vêtements deux fois plus cher que dans les magasins où il les aurait achetés...

*
*   *

Je rencontrai Benos.

C'était un compatriote de petite taille qui incubait dix-huit ans de séjour à Paris dans sa carapace, sans un seul retour au pays. Son habillement fruste et dépenaillé attestait qu'il s'était voué aux affaires, qui lui grignotaient tout son temps. Il portait les mêmes vêtements larges. Un ensemble boubou décati, avec un pull-over à col roulé rouge à l'intérieur. Ses pantoufles Palladium étaient usées et ses petits orteils s'en échappaient, avec des ongles durs, noirâtres et dressés. On l'aurait pris pour un pygmée parachuté en pleine ville. Râblé, son visage était scarifié selon les traditions propres à sa tribu *téké* du sud du Congo. Il sentait la transpiration, et ne devait pas savoir ce que signifiait une bonne douche. Il se grattait la tête. Des cheveux très frisés, d'un roux poussiéreux et assaillis par des sédiments de pellicules répugnantes. Son œil était vif. C'était un type avec qui il fallait compter. Son apparence pouilleuse trompait qui ne le fréquentait pas. Il se revendiquait volontiers homme d'affaires. On le surnommait Conforama, du nom commercial d'une grande surface de France. Benos était le spécialiste en électroménager et en hi-fi. Il se livrait à une activité convoitée par la plupart des Parisiens. Il était informé des dernières technologies en hi-fi ou en électroménager, et marchait avec un gros sac saturé de catalogues. Si on lui passait une commande un jour, il vous livrait la marchandise à domicile le lendemain. Aucun papier à signer. Ni vu. Ni connu. Sa phrase de prédilection : « *Les bons comptes font les bons amis.* » Il n'a, à ma connaissance, pas étalé au grand jour ses méthodes. Encore moins travaillé avec quelqu'un d'autre qui lui aurait *volé son intelligence* – ce sont ses mots – et mis en péril son fonds de commerce. Lui-même avait dû apprendre. Enseigner ses méthodes, c'est donner le relais à quelqu'un qui, un jour, ne contiendra plus ses appétits de conquérant. Ceux qui travaillaient avec lui exécutaient. Ils n'étaient que des intermédiaires. Ils réceptionnaient, livraient et encaissaient au nom de Benos. Il fallait bien que quelqu'un lui enseignât les trucs du métier.

J'appris qu'il avait fait ses débuts avec Préfet, l'homme que Moki s'était engagé à me présenter et qui, à entendre le nombre de fois où son nom était prononcé par jour, était l'individu le plus courtisé du milieu. Je n'avais fait sa connaissance qu'après celles de Boulou, l'Agent immobilier, et de Soté, le Piocheur...

*
*   *

Boulou était le spécialiste de l'immobilier. On l'appelait à juste titre « l'Agent immobilier ». Comme son sobriquet l'indiquait, il opérait dans le domaine de l'immobilier. Il travaillait avec des compatriotes affublés du surnom de Bulldozers. Ceux-ci avaient pour mission de ratisser les immeubles d'un arrondissement en vue d'y détecter des appartements inoccupés et de les proposer, moyennant une contrepartie financière, aux squatters. Cette rémunération était proportionnelle à la surface du logement à squatter. Les Bulldozers agissaient sous le contrôle méticuleux de Boulou, l'Agent immobilier. Dans chaque arrondissement parisien régnait un Agent immobilier comme Boulou, et il préservait jalousement son exclusivité sur le fief.

Le quatorzième n'appartenait à Boulou que depuis deux années. Il s'était sacrifié pour gagner cette exclusivité. Bien avant lui y trônait un Zaïrois aux épaules d'armoire et au coup de poing lourd comme une massue. Ce dernier était du genre à noyer son adversaire dans la Seine pour une plaisanterie mal venue. Débarqué en France en clandestin dans une cale de bateau, le Zaïrois espérait venir poursuivre une carrière de boxeur professionnel en Europe. Il fut détourné de ses ambitions par le culte immodéré de l'alcool et de l'herbe. Il côtoyait les bandes du quartier des Halles et était impliqué dans plusieurs affaires de banditisme dont il se tirait toujours. Il aurait exercé les professions d'agent de sécurité, de maître-chien et de cerbère de boîtes de nuit parisiennes où il distribuait à volonté des coups de poing à ceux qui voulaient s'y introduire sans la tenue de ville exigée ou sans montrer patte blanche. Sa réputation de coriace irréductible et de colosse était établie. On racontait qu'il venait à bout, à lui seul, d'un méchoui que lui préparaient ses amis maghrébins de Château-Rouge, en reconnaissance des logements vides qu'il leur avait cédés en squat.

Boulou avait travaillé avec ce Zaïrois. C'était dire que son stage n'avait pas été une promenade de santé. Il voyait le Zaïrois à l'ouvrage. Il pénétrait dans ses secrets. Il sondait sa science infuse. Il reprenait ses astuces. Il les notait dans son calepin. Il assistait aux conciliabules de l'ancien maître-chien avec ses clients. Il apprenait peu à peu comment négocier le prix, comment changer les serrures, installer l'électricité, le gaz, l'eau et le téléphone dans une maison dont il n'était pas le propriétaire.

Il avait reçu des coups de poing du Zaïrois lorsqu'il gaffait. Il les endurait. Il avait l'espoir de détenir un jour, peut-être, le quart du fief. Il ne s'approchait pas trop près de l'énergumène lorsque celui-ci lui parlait : on ne voyait pas partir ses directs et uppercuts. On se retrouvait subitement

par terre, l'arcade sourcilière ouverte et sanguino-
lente.

Aussi, quelle ne fut pas sa surprise lorsque le
Zaïrois lui annonça qu'il cédait le quatorzième
arrondissement pour prendre un quartier tranquille
de Champigny, dans le Val-de-Marne. L'homme fort,
Goliath se retirait, se pliait à une retraite anticipée
dans la banlieue. Le Zaïrois fixa le prix de vente de
l'arrondissement à trente mille francs français.

– C'est un prix d'ami, et c'est à prendre ou à laisser. J'ai un de tes compatriotes qui m'a proposé
quarante-cinq mille francs...

Boulou avait réuni cette somme en cassant sa
tirelire et en sollicitant l'aide de Préfet et de Conforama.

La transaction se déroula aussitôt. Boulou était
devenu le nouveau maître de l'immobilier du quatorzième arrondissement. Il appliqua tout ce qu'il
avait appris. D'abord, toujours porter un costume
pour impressionner la clientèle, faire sérieux. Agiter
un trousseau de clés. Regarder sa montre toutes les
minutes. Rouler dans une petite bagnole. Parler en
français et non en langues du pays. Arborer un téléphone mobile. Porter un gros cartable rempli de
dossiers...

Il n'ignorait pas que déceler un appartement vide
exigeait des sacrifices et une habileté considérables. C'était un parcours du combattant quand bien
même l'arrondissement vous appartenait. Il avait
pour cela engagé des Bulldozers. Ceux-ci pénétraient discrètement dans chaque immeuble de son
fief. S'ils n'avaient pas le code d'entrée du bâtiment,
ils patientaient en face des heures entières. Un loca-

taire finissait par entrer ou sortir. Ils s'y précipitaient.

Une fois dans l'enceinte de l'immeuble, ils opéraient avec des tickets de métro usagés qu'ils ramassaient dans les stations. Ces bouts de papier s'avéraient d'une utilité inimaginable. Ils les enfonçaient dans les trous des serrures et s'en allaient. Ils revenaient sur les lieux trente jours plus tard. Si les tickets étaient dégagés, l'appartement était certainement habité ou visité régulièrement. Dans le cas contraire, ils s'accordaient un autre délai de deux mois, après quoi ils décrétaient l'appartement inoccupé – trois mois étant la limite pour rentrer de vacances, si réellement les propriétaires en avaient prises.

L'Agent immobilier Boulou procédait alors à la *vente* du logement. Les candidats au squat étaient au préalable inscrits sur une liste d'attente, comme dans une procédure d'attribution de logements sociaux. Les familles étaient prioritaires. Le paiement était comptant et en espèces. Ni vu ni connu, la règle du milieu. Les clients occupaient les lieux et supportaient l'aléa d'un retour éventuel de l'occupant légitime. C'était là que Boulou mettait en œuvre son expérience acquise auprès de Goliath. Afin de préserver sa clientèle, il lui promettait une *garantie trimestrielle*. Si l'habitant légitime réapparaissait dans le trimestre suivant l'occupation des lieux par le squatter, la somme versée était remboursée à soixante pour cent. Les quarante pour cent couvraient les frais engagés par Boulou pour la fabrication du faux contrat de location – c'est Préfet qui s'y attelait – et le travail de ses Bulldozers. Ceux-ci défonçaient la porte, changeaient la serrure, repeignaient les murs et installaient une boîte aux lettres au nom des clients...

*
* *

Soté le Piocheur était un personnage dont la fourberie se ressentait au premier contact. Il s'accommodait de cette image d'homme méprisable et l'entretenait jusqu'à la caricature. Peut-être ne voulait-il côtoyer que ceux qu'il choisissait, et il se méfiait de tout visage étranger.

C'était pour moi le plus antipathique de tous. Aucune humanité. Aucun cœur. Le profit dilatait ses pupilles mauves. Aucun mot ne venait de lui au sujet de ses activités. Grand de taille, avec des sourcils broussailleux en accent circonflexe, le visage ravagé par des boutons purulents qu'il crevait devant ses interlocuteurs, Soté ne se prenait pas pour n'importe qui. Il rappelait qu'il était aussi incontournable que Benos alias Conforama, Boulou l'Agent immobilier ou Préfet, l'homme dont le nom était sur toutes les lèvres. Ceux-ci avaient besoin de ses services. C'était cette dépendance qui le rendait aussi vaniteux.

Son contact avec moi s'était limité à un échange de regards inquisiteurs. Je compris qu'il estimait n'avoir rien à tirer de moi. Dans ce cas, il vous jetait comme une chaussette trouée. Il vous ignorait. Je me sentis minable, sans intérêt à ses yeux. Je n'attendais, en ce qui me concerne, rien de lui. Toutefois, je le reconnaissais, il était un opérateur efficace. Son travail était celui d'un vrai professionnel. Sans traces, sans ennuis, il œuvrait avec une facilité

déconcertante, disait-on de lui. Spécialiste des boîtes aux lettres, il était souvent en déplacement en
province, dans des coins éloignés où certaines ban-
ques se risquaient encore à expédier à leurs clients
des chéquiers par courrier postal.

Le Piocheur, accompagné de deux Ingénieurs, se
déplaçait avec sa boîte à outils. Les Ingénieurs repé-
raient les lieux, filaient le facteur avant que n'inter-
vînt le Piocheur en personne. Ils louaient une chambre d'hôtel et travaillaient pendant une semaine à
passer au peigne fin les courriers dans les boîtes
aux lettres. Quand ils revenaient à Paris, le fruit de
leur récolte s'arrachait sur le marché. Une moitié
des chéquiers était réservée à Préfet, qui les acqué-
rait pour ses propres activités...

Lorsque je rencontrai Préfet la première fois, je fus subjugué. Je m'attendais à une silhouette imposante, forte et charismatique, tellement j'avais entendu son nom ici et là.

L'homme qui se trouvait en face de moi était le contraire de tout cela. En dépit de l'odeur d'alcool qui me fit comprendre qu'il levait facilement le coude, quelque chose en moi me susurrait que cet homme et moi allions être un jour liés comme dans un mariage, pour le meilleur et pour le pire.

Une humanité et une générosité se dégageaient de sa personne, ce qui était rare dans notre cercle. À moins que cela ne fût qu'une impression. Le masque, dans ce milieu, n'étonnait personne. Préfet était petit de taille. Aussi petit que Benos. Ses cheveux étaient coupés court. Une petite gale rougissait ses joues et son menton. J'avais de la peine à le fixer. Ses yeux roulaient sans relâche dans ses orbites avant de se poser sur quelqu'un. Il consultait sa montre. Son temps était précieux.

Personne ne connaissait vraiment son nom.

Peut-être Moki. On ne l'appelait que par ce surnom sans savoir d'où il venait : Préfet. Beaucoup prononçaient ce sobriquet à Paris et n'avaient pas rencontré physiquement la personne concernée.

Convaincu que l'élégance était la clé de l'univers, il portait des vêtements luxueux, de grandes marques, des chaussures Weston en crocodile. Il se targuait de posséder une collection de ce chausseur. Il en avait les moyens. Il les achetait aux Champs-Élysées dans ce magasin célèbre où son visage n'était plus inconnu. Il paraît que les vendeurs se pliaient en quatre dès qu'il franchissait le seuil de la porte. Il n'essayait pas ses chaussures dans la salle principale. À son arrivée, les vendeurs, en costume de pingouin, sourire intéressé, l'escortaient au premier étage où Préfet pouvait longuement s'abandonner à ses caprices, par exemple commander des couleurs uniques.

Moki et lui étaient des amis de longue date. Depuis la fameuse époque des Aristocrates. Préfet avait été le suppléant de Moki. Il fut, de tous les jeunes de ce temps-là, le premier à venir en France. Il se plaisait à raconter qu'il avait vu tous ses compatriotes envahir Paris et qu'il était arrivé dans ce pays quand Pompidou venait d'accéder au pouvoir. Il se baptisait « le Sauveur de tous ». Ce qui était une réalité. Les Parisiens, pour la plupart, lui devaient leur séjour en France.

À qui n'avait-il pas vendu un titre de séjour ? Il ne vivait que de ça. Il avait les ficelles du métier. Il était aidé par des *tuyaux blancs*, qui lui fournissaient des documents vierges. Il n'avait plus qu'à les remplir en se référant à un document authentique. Lui-même avait changé plusieurs fois d'identité. Au moins une vingtaine de fois. Il n'était jamais le même. Un caméléon. Quand on le prenait la main dans le sac et qu'il était emprisonné – c'était arrivé deux fois seulement, ce qui est un exploit ici –, il purgeait sa peine, sortait et se tissait une nouvelle identité. Il renaissait de ses cendres...

Il se disait le Parisien le plus recherché de la police française. Il jurait qu'il n'irait plus en prison, qu'il avait non un sixième mais un septième sens infaillible, qu'il connaissait quelques policiers, qu'il avait le bras long, que le jour où il serait cueilli ne se lèverait pas demain. On rapportait, dans le milieu, que plusieurs Parisiens s'étaient retrouvés en prison à cause de lui. On les prenait pour Préfet alors que lui courait toujours dans la ville...

De nous tous, il était celui qui *déclarait* le plus de revenus. Il gagnait au moins quinze mille francs par semaine. Aux incrédules, il demandait de multiplier cette somme par quatre pour estimer ses revenus mensuels. Paradoxalement, c'était le Parisien qui n'avait aucune *affaire* au pays. Pas même une maison. Il n'était en effet pas retourné au bercail depuis une vingtaine d'années. Sa famille – sa mère, ses frères et sœurs puisque son père avait rendu l'âme – croupissait dans une misère extrême, sans nouvelles de lui. Il était coupé des réalités de son lieu de naissance et d'enfance. Réalisait-il que, lorsqu'il avait quitté le pays, il n'y avait que trois artères bitumées : la rue des Trois-Martyrs, la rue Félix-Éboué et, plus tard, l'avenue de l'Indépendance de Pointe-Noire ?

En ce temps-là, la télévision n'existait pas là-bas. On était loin d'envisager que la vie serait possible dans cette petite boîte qui répéterait, sans comprendre ce qu'elle débite, les mots des pauvres images enfermées à l'intérieur parce que son propriétaire aurait appuyé sur un bouton. Une seule radio, celle de l'État et du Parti, passait et repassait les discours du Président à vie, les propos courtisans des membres du gouvernement et quelques communiqués nécrologiques. Réalisait-il aussi que, pour prendre l'avion, on devait d'abord rouler des heures en pleine brousse dans un camion, traverser la frontière avec l'Angola où les balles des belligérants crépitaient sans trêve dans une guerre fratricide opposant les forces gouvernementales de ce pays et les rebelles de Jonas Savimbi ? Que, par la suite, on attendait des jours, voire des mois, avant de voir atterrir ou décoller un avion ?

C'était une époque révolue.

Préfet aurait été surpris en arrivant au pays, au centre-ville, à Pointe-Noire, dans le Quartier Chic et le long de la Côte sauvage où s'élèvent des hôtels à cinq étoiles de Novotel, Méridien et PLM. Il aurait été médusé d'y trouver des pommes, des fraises, du camembert, du bordeaux, du beaujolais et des croissants au beurre vendus au Printania. Grande aurait encore été sa stupéfaction car nous avions maintenant plusieurs aéroports un peu partout dans le pays et des routes asphaltées dans certaines agglomérations importantes comme Tié-Tié, OCH ou le quartier Rex.

Préfet le savait-il ?

Il avait tourné volontairement le dos au pays. Lors de la mort de son père, on s'en rappelle, il ne s'y était pas rendu, au grand étonnement de tous, choisissant d'expédier un somptueux cercueil en zinc et un costume blanc pour la dépouille. Il avouait qu'il ne s'habituerait plus à l'existence de là-bas. Était-ce pour toutes ces raisons qu'il était devenu cet alcoolique impénitent ? Cela relevait presque du châtiment, de la malédiction, d'une justice immanente. Comment lui venait sa lucidité à travailler ses faux avec une précision d'horloger ?

Un autre fait me renversait.

Je n'y croyais pas : malgré ses revenus occultes élevés, Préfet avait la réputation de ne pas avoir de domicile fixe à Paris.

Au fond, l'explication venait d'elle-même, lorsqu'on y réfléchissait un instant. C'était pour lui une stratégie. Il ne souhaitait pas avoir de domicile attitré pour mieux semer la police qui le traquait.

Préfet pouvait être le plus gentil du milieu. Je le pressentis dès le début. Il était prêt à donner son aide à qui la sollicitait. Un ami. Moki avait donc tenu à nous présenter l'un à l'autre.

En nous serrant la main, de l'électricité m'avait traversé le corps. Lui souriait. Ils avaient discuté au préalable. Il me dévisageait comme pour s'assurer que j'avais la carrure de l'homme qu'il recherchait. Oui, il devait rechercher quelqu'un. Il n'arrêtait pas d'opiner du chef avec la complicité de son ami de jeunesse. Je lui faisais bonne impression. Il n'y avait aucun doute. Je le sentais par tous ces hochements de chef.

Moki lui avait dit :

– Occupe-toi du *débarqué*, donne-lui une spécialité, car pour l'heure il ne fout rien. Je lui avais promis de te présenter, voilà, c'est fait. C'est toi son parrain...

Ils eurent un éclat de rire.

Ils discutèrent de ma régularisation de séjour. À

ce jour, mon visa était épuisé. Depuis quelques semaines. Je n'avais donc plus le droit de résider en France. Je redoublais de prudence chaque fois que je me rendais au marché de Château-Rouge.

Je ne pouvais me présenter à la préfecture de police pour demander un titre de séjour. Rien ne justifiait ma présence en France. Il fallait une raison. Des études, un travail ou des attaches familiales. Je n'étais pas un étudiant. Je n'avais aucun travail. Toute ma famille était au pays, et je n'étais pas marié ici.

*
* *

La tâche de ma régularisation fut, comme prévu par Moki, confiée à Préfet, qui se fit un honneur de s'en occuper. Il lui fallut tout de même deux semaines. Ses fameux *tuyaux blancs* devenaient de plus en plus réticents. Les affaires ne marchaient plus comme avant. Les lois changeaient de gouvernement en gouvernement. Celui-ci arrivait au pouvoir, remettait en cause la législation du gouvernement précédent. Le retour de celui-là aux affaires entraînait un autre chamboulement. Et ainsi de suite. À la fin, les préfectures, entraînées dans une valse législative ininterrompue, ne savaient plus à quelle procédure se vouer. Elles vous jugeaient le matin en situation régulière et l'après-midi, le poing sur la table, lois, décrets d'application et journaux officiels en main, le niaient solennellement et vous imposaient un rendez-vous dans quarante-cinq jours avec une liste de documents à fournir dont certains se trouvaient en possession de l'arrièregrand-mère ou d'un des trois premiers maris de la mère. Un peu plus et on aurait exigé des candidats à la régularisation leur acte de baptême ou leur permis de bicyclette.

C'est ainsi que ceux qui possédaient des titres de séjour se retrouvèrent sans papiers, pris en sandwich entre des lois complexes et draconiennes. L'idéologie politique prit ce thème pour menu afin de gagner une ou deux voix de Français frileux. La meute de ces délaissés, de ces sans-papiers pressait la société française. Tous ces gens ne savaient plus où aller. Étrangers en France, ils le seraient également chez eux. On ne rentre pas de façon intempestive d'une absence qui, pour certains, avait duré plus de trente ans...

Préfet était quelqu'un de fin.

Il avait changé de filière. Sinon, il allait droit au chômage sans allocations. Il avait bousculé ses amis. Il avait pénétré le monde antillais, à tel enseigne qu'il parlait couramment le créole martiniquais et guadeloupéen. Ses séjours d'été en Guadeloupe ou en Martinique y étaient peut-être pour quelque chose. C'est surtout la Guadeloupe qui l'avait marqué. Il disait s'y être senti comme chez lui. Des vieux qui ressemblaient aux nôtres. Ces paysages tropicaux, cette mer, comme l'océan Atlantique qui borde le sud du Congo. Une commune avec le nom de sa ville natale, Pointe-Noire.

Préfet avait vite saisi qu'il pouvait travailler autrement. Se mettre en relation avec ses amis d'outre-mer. Certains, alors, travaillaient avec lui. D'autres étaient intéressés par le gain facile, sans déclaration fiscale. Ceux-ci lui vendaient leur carte d'identité, à un coût qui ne laissait place à aucune tergiversation. Préfet achetait ces cartes ; les vendeurs s'arrangeaient pour entreprendre plus tard une procédure de déclaration de perte et disparaître de Paris un moment. Ils savaient que leur existence administrative serait partagée par un autre qu'ils ne devraient pas rencontrer. S'ils étaient coincés un jour, ils devaient jurer sur la tête de leur mère et père qu'ils ne connaissaient pas la personne qui avait *usurpé* leur d'identité. Ce qui était vrai, car ils n'étaient entrés en relation qu'avec l'intermédiaire : Préfet...

C'était une des pistes multiples de Préfet.

Il procéda autrement avec moi, je m'en souviens. Il avait acheté un acte de naissance vierge venant d'un des départements français d'outre-mer. Il l'avait rempli à un nom qui n'était pas le mien, l'avait signé et cacheté avec ses outils de travail, et nous nous étions présentés un matin à la mairie en prétextant une perte de ma carte d'identité française. Préfet m'avait tout expliqué avant de pénétrer dans ces lieux qui me gelaient tous les membres. Il m'attendait dehors. Une employée affable, dynamique, tellement mobile qu'elle devait marcher sur la pointe de ses pieds me reçut, disparut quelques minutes, revint, me fit signer un papier rose et me tendit, toutes dents dehors, le formulaire de la déclaration de perte. Je signais avec une angoisse qui humectait ma main.

Je sortis de là avec ce document dans la poche. Avec cette déclaration, Préfet et moi nous rendîmes à la police de notre domicile...

J'avais un faux acte de naissance et une vraie

déclaration de perte. En moins d'une semaine, j'étais devenu un citoyen français comme tout autre puisqu'on me délivra une carte d'identité en bonne et due forme. Mes nouveaux nom et prénom étaient Marcel Bonaventure. J'étais né à Saint-Claude en Guadeloupe, une contrée que j'ignorais et que je n'aurais pas pu situer sur une carte du monde. Préfet, lui, l'avait visitée et se paya le luxe de me parler de la Soufrière, ce volcan célèbre de la Guadeloupe, ainsi je pouvais m'en faire une idée précise sans l'avoir vue.

Bien entendu, ce nom de Marcel Bonaventure existait réellement dans le département dont j'étais devenu le ressortissant. Préfet garda le silence quant à mon double antillais qui circulait certainement à Paris. Cette régularisation allait m'entraîner, sans que je ne m'en rende compte, dans un cercle vicieux irréversible.

Avec elle, Préfet allait enfin se découvrir et apparaître tel qu'il avait toujours été...

Je redevenais lucide. Plusieurs interrogations rongeaient mon esprit. Elles se résumaient toutes à une seule inquiétude : pourquoi Préfet avait-il été si diligent à mon égard ? Je ne pouvais rien débourser pour le rémunérer. Toutes ces procédures étaient onéreuses et coûtaient des dizaines de mille. Il avait beau être le Père Noël, il fallait bien vivre. Il refusa de discuter argent de suite avec moi. Ses pensées devaient très vite se dévoiler au cours de la conversation que nous eûmes à la sortie du bureau de police où nous nous étions rendus pour le retrait de ma pièce d'identité.

— Tu me rendras simplement un service, dit-il.

– Lequel ? m'enquis-je.

– Travailler avec moi pendant quelque temps, tel était notre accord avec Moki te concernant...

– Quel accord ? Travailler ?

– Oui, à moins que tu n'aies d'autres solutions pour couvrir les frais que j'ai engagés pour tes papiers, dit-il en faisant rouler ses yeux dans ses orbites. Ces papiers coûtent la peau des fesses. D'habitude, on me paye d'avance vingt à trente mille francs selon les cas. J'ai accepté de procéder avec toi autrement parce que Moki est un de mes meilleurs potes ; alors, tu viens bosser avec moi ou non ?

Je n'étais plus en face du Préfet que Moki m'avait présenté. Il était sec, parlait sérieusement.

Dans ce monde, rien n'était fait pour rien. Je m'en doutais bien. Je l'avais trop vite oublié. Il ne plaisantait plus. Il surveillait sa montre.

– C'est un petit boulot de rien du tout. Un boulot pour les bleus. Après-demain, c'est la fin du mois, une date propice pour ça ; tu devras être très matinal, six heures du matin, ça te va ?

J'approuvai bien malgré moi. Ils avaient tout décidé avec Moki. Pour Préfet, mon opinion était secondaire. Si je disais non, que ferais-je d'autre ? Il était capable de reprendre ma carte d'identité et de la déchirer. Que je le veuille ou non, je devais un jour rembourser ce qu'il venait de réaliser pour moi.

– Pour commencer, tu dois changer cet accoutrement de *débarqué*. Je t'apporterai après-demain un costume, que tu me rembourseras bien sûr. Il n'y a pas que moi qui gagnerai dans cette affaire ;

tu verras le résultat, et je suis certain que tu me
prieras de recommencer le mois prochain...

*
* *

Je possédais à présent tous mes papiers.

Oui, mais le doute me hantait. Je n'avais pas
encore commencé à travailler avec Préfet. Dans
deux jours, il viendrait me tirer des couvertures en
laine de notre pièce du Moulin-Vert pour m'emme-
ner je ne sais où. Je m'étais interrogé toute une nuit
sur le genre de travail que j'accomplirais à ses
côtés. Je ne voyais pas. *Un boulot pour les bleus.*
L'expression me revenait.

Cette duplicité des gens de notre milieu m'intri-
guait. Préfet, de prime abord moins charismatique,
avait en fait un caractère autoritaire enfoui en lui.
Une manie qu'ils ont tous de ne rien dire avant. De
laisser la situation se faire.

J'étais dans une sorte de nasse. J'adoptais la
même attitude : prendre les choses dans le bon
sens.

Au fond de moi, je ne doutais pas que c'était une
bouée de sauvetage qu'il me lançait. Seulement, je
devais être plus prudent. Savoir où j'allais poser
mes pieds. Les paroles de mon père me revenaient
comme un écho grave provenant d'un antre. Ces
paroles qu'il avait murmurées alors que nous étions
assis sur un tertre herbeux de l'aéroport : « *Sois prudent, regarde autour de toi et n'agis que lorsque ta
conscience à toi, et non pas celle d'un autre, te guide.
Oui, il est plus facile de réparer l'erreur ou la faute
que sa propre conscience a commise. Ce seront mes*

dernières paroles, moi ton père, celui qui ne possède rien et qui n'envie rien à personne... »

J'eus une conversation le soir avec Moki à propos de ce rendez-vous du surlendemain. Il était bien sûr derrière cette histoire. Il dédramatisa la situation, me certifia que tout le monde était passé par cette voie. Il me cita les noms de mes précurseurs qui volaient de leurs propres ailes depuis. Il n'y avait pour moi pas d'autre issue de secours que celle-là. Il me démontra qu'avec les papiers que je possédais il valait mieux éviter de s'inscrire à l'ANPE en vue de rechercher un emploi quel qu'il fût. Ces pièces d'identité étaient conçues pour faciliter ma circulation dans le territoire et non pour aller troubler la sieste d'une administration déjà embouteillée et qui, pour une lettre trop espacée par rapport à une autre, se frotterait soudain les yeux, froncerait les sourcils et remonterait vite la filière par le jeu traditionnel des recoupements entre organismes officiels. Plusieurs questions me dépasseraient alors. Depuis quand êtes-vous devenu français ? Et vos parents, vivent-ils ici ou en Guadeloupe ? Quelle est la profession de votre père ? De votre mère ? Quel est votre numéro de Sécurité sociale ? Avez-vous un numéro matricule de la Caisse des allocations familiales ? Touchez-vous une allocation-logement ? Où avez-vous travaillé avant ? Quel est le nom de votre premier employeur ? Pouvez-vous nous produire une attestation de résidence ? Une facture d'EDF-GDF ou de France-Télécom ? Et votre déclaration de revenus ?...

Puis, à trop accumuler les mensonges, la vérité pétrifierait ma langue jusqu'à confesse...

Je devais voir Préfet travailler et, un jour, moi aussi je le ferai à mon propre compte. Ne pas le quitter d'une semelle. Le suivre dans le moindre de ses mouvements. Lui obéir, ne faire que ce qu'il me dirait de faire et rien que cela. Ne pas lui poser de questions. Il ne répondrait pas. Il aurait bu la moitié d'une bouteille de whisky pour *voir clair* et n'entendrait plus ce que je lui dirais. Je devais me taire, un point c'est tout.

— L'ennui, avec les bleus, avait ajouté Moki cette avant-veille, c'est que vous voulez tout savoir avant de vous lancer sur un coup. Il s'agit d'aller travailler pour gagner quelque chose. C'est un travail. Un vrai travail comme tout autre. Il n'y a pas de honte et de scrupules à entretenir. Pourquoi rougir de ça ? Qui a dit que l'argent avait une odeur ? Je le fais une fois par trimestre, ce boulot, pour renflouer mes poches quand mon commerce de vêtements patine un peu.

« Regarde bien mes mains, est-ce qu'elles sont sales ? Ces espèces tombées comme ça du ciel, ça fait du bien, ça donne des ailes. Vous, les bleus, ne voyez que les réalisations concrètes que nous avons entreprises au pays. On ne fait pas d'omelettes sans casser d'œufs. Notre sueur n'est pas visible à l'œil nu comme celle d'un manutentionnaire. Elle s'appelle *risque* car, c'est connu, qui ne risque rien n'a rien. Chaque œuvre humaine a son explication et peut-être même sa justification dans le temps et dans un lieu. C'est parce que j'ai également été victime de mon propre rêve, ce rêve bleu-blanc-rouge, que je ne me permets pas, aujourd'hui, de ne pas profiter des circonstances lorsqu'elles sont à mes pieds. Je me baisse et je ramasse, c'est tout.

« Je ne suis pas un moralisateur, je me contente de rendre ma vie et celle de ma famille le moins misérable possible au pays. Tu arriveras au même résultat d'ici là si tu sais saisir les opportunités qui te seront offertes, je dirai sur un plateau d'or, comme après-demain avec Préfet.

« Qu'est-ce que tu achèteras avec ces premiers francs français que tu brasseras ? J'ai tout vu ici. Des gars qui couraient le lendemain dans un garage s'attraper une guimbarde avec leur premier gain. D'autres qui dormaient dans un hôtel cinq étoiles. D'autres encore qui allaient à Strasbourg-Saint-Denis sauter une prostituée à forte poitrine et au derrière de jument. J'imagine que tu opteras pour cette dernière réjouissance... »

La veille du rendez-vous, j'avais mal dormi.

J'avais écopé d'un torticolis. Je sentais la contraction de mes muscles du cou en bougeant la tête.

La pièce s'était vidée de ses occupants très tôt comme de coutume. Moki était parti à Milan. C'était ce qu'il avait laissé entendre à la fin de notre tête-à-tête.

Le froid soufflait au-dessus de la lucarne. Si la nuit habitait toujours le ciel, quelques klaxons d'automobile dehors annonçaient qu'un autre jour nouveau s'était bien levé...

*

* *

J'entendis quelqu'un frapper à la porte.

Quelqu'un de notre milieu car il avait respecté le code secret. Je n'eus pas besoin de guetter par le judas. Je supposais que c'était Préfet.

J'ouvris.

Il n'entra pas.

Il resta planté devant la porte. Il tremblait de froid, l'immeuble n'étant pas chauffé. Il tenait dans sa main droite un sac en plastique chargé. Il me le remit en le balançant sur le plancher.

Je découvris ma tenue de travail. Un costume gris, une chemise bleu ciel, une cravate bordeaux et des mocassins noirs. Il descendit m'attendre au rez-de-chaussée pendant que je m'habillais.

Avant de sortir, je ne pus m'empêcher d'avoir un ultime coup d'œil sur cette glace brisée accrochée sur le mur. Le miroir me renvoya une image dépecée et fragmentée. Un gros œil. Deux bouches. Des dents superposées. Quatre arcades sourcilières. Trois fosses nasales. Quelle importance ? Je ne savais plus qui j'étais. Ni de quel côté se trouvait le vrai reflet des choses...

En baissant mon regard, j'aperçus ma première photo à Paris, à côté de la lettre type à Marie-Josée. J'avais de grands yeux d'enfant émerveillé. Je n'aimais pas cette photo. Je la gardais quand même. C'était mon vrai visage.

J'allais m'en détourner. J'hésitais. Sans réfléchir, je la décollai du mur et la glissai dans la poche intérieure de ma veste.

Je n'avais rien oublié.

Si, la motte de terre que mon père m'avait remise. La terre de la sépulture de ma grand-mère. La mettre dans une poche de mon pardessus me protégerait. Je l'avais cachée dans un angle de la pièce, sous la moquette. Je la repris. Je l'approchai de mon nez.

Le pays était là...

Je pouvais enfin sortir et fermer la porte.

La clé, je la mettrai sous le paillasson. Je n'avais

aucune idée de l'heure de mon retour. Si on s'était levé tôt, c'était pour y passer la journée...

*
* *

Préfet était endimanché.

Il avait allumé une cigarette. Ses yeux rouges roulaient, embués par la fumée. Il sentait l'alcool. Il m'avertit qu'on devait longer la rue Pernety, prendre le métro 4 jusqu'au terminus, à la Porte d'Orléans.

J'attendais ses instructions.

Nous prîmes le métro à la station Pernety et descendîmes à Montparnasse. Nous suivions le long trottoir roulant pour gagner le quai de correspondance. C'est là qu'il bredouilla à contrecœur quelques mots sans ôter sa cigarette de sa bouche.

– C'est mathématique, fit-il.

– Mathématique ? rebondis-je aussitôt à ces propos énigmatiques en laissant passer quelques personnes pressées devant moi.

– Oui, réfléchis un peu, Marcel...

Ce prénom me dérangea. Préfet avait le sens du métier. Il l'avait déjà assimilé. Il se débattait pour me fixer. La rotation de ses yeux devenait épileptique. Il allait s'écrouler, pourtant il résistait, s'agrippait sur les rebords en caoutchouc du trottoir roulant. Comment pouvions-nous travailler dans ces conditions ?

– J'ai dit que c'était mathématique.

– C'est bien ce que j'ai entendu, mais ce n'est pas si clair pour moi...

– J'y arrive, patience, *débarqué*.

Il prit le temps d'allumer une cigarette. L'opération échoua à maintes reprises. Je lui prêtai main forte. Une flamme jaillit du briquet que je lui remis ensuite.

Il décortiqua son problème mathématique :

– Suppose que je sois en possession de deux chéquiers, ce qui est le cas en ce moment précis, et que chaque chéquier compte vingt-cinq chèques ; au total, nous avons bien cinquante chèques, n'est-ce pas ?...

Un peu perdu, je me contentai de murmurer :

– Je pense.

– Il n'y a pas à penser, Marcel, c'est tout bête, c'est mathématique ! Cinquante chèques, c'est largement suffisant pour travailler aujourd'hui.

– Je ne vois toujours pas qu'est-ce que je vais faire et comment nous...

– Arrête ton blabla ! coupa-t-il, au bord de l'irritation. Tu es un bleu, c'est normal. Tu devrais comprendre les choses avant qu'on te les explique. Dans ce boulot, il n'y a qu'un seul secret : l'anticipation. Plus tu anticipes, plus tu gagnes.

Il se rapprocha de moi pour me parler dans le creux de l'oreille. Je reculai, rebuté par l'exhalaison d'alcool.

– Écoute-moi bien, *débarqué*, as-tu déjà anticipé dans ta vie ? Sinon, ouvre tes oreilles. La ligne 4 va de Porte d'Orléans à Porte de Clignancourt, et elle compte vingt-six stations de métro. D'accord ? C'est simple, il nous faut en supprimer une pour avoir le nombre exact d'un carnet de chèques : vingt-cinq. Si nous faisons un aller puis un retour, le compte sera bon : cinquante arrêts, cinquante chèques. C'est la première phase. Nous aurons épuisé les car-

nets de chèques, mais le travail ne sera pas pour
autant terminé ; il restera la deuxième phase, celle
qui me tient à cœur, viens avec moi...

*
* *

Nous étions arrivés au métro Porte d'Orléans.
Préfet me fit patienter. Il voulait fumer une autre
cigarette. Il refusa mon secours pour allumer le briquet. Il s'éloigna. Je ne le quittais pas des yeux. Je
l'imaginais me jouant un coup fourré d'un instant à
l'autre. Faisait-il semblant de fumer cette cigarette
pour me distraire et aboutir à ses fins ?

Non, il se parlait.

Un monologue. Une espèce de recueillement. Je
me rapprochai pour entendre. Il me stoppa et me
somma de ne pas approcher. Lorsqu'il eut terminé
sa cigarette, il écrasa le mégot sous sa Weston et
revint vers moi, les yeux embrasés et complètement
retournés.

– Écoute-moi encore, *débarqué*. C'est ton baptême aujourd'hui, alors, fais-moi du bon boulot propre et net ; je compte sur toi. Le travail que nous
allons accomplir est simple. Il s'agit d'acheter un
maximum de coupons oranges, ces titres de transport mensuels, que nous revendrons ce soir au marché noir de Château-Rouge à un prix intéressant. Tu
vois le topo ?

Il me tint par l'épaule. Nous nous écartâmes de
la bouche du métro. Des usagers affluaient, pénétraient et sortaient de la station.

– Tiens ça.

Il me tendit une grande enveloppe beige un peu

froissée. En l'ouvrant, je restai sans voix. Une autre pièce d'identité, avec ma photo, identique à celle que j'avais arrachée du mur de notre chambre. Elle était un peu floue. C'était moi. On me distinguait sans difficulté. Quand l'avait-il prise dans mes affaires ? Moki devait encore être derrière. Pas de questions. J'avais sur la carte d'identité un autre nom que Marcel Bonaventure : je m'appelais Éric Jocelyn-George. Je ne m'y retrouvais plus. Cette dernière pièce était un faux manifeste. Préfet n'était passé ni à la mairie ni au poste de police. Il avait fabriqué la pièce dans un atelier, de ses propres mains.

En détaillant les carnets de chèques, je vis qu'ils étaient au nom de cet Éric Jocelyn-George. Donc moi.

Je fis une reconstitution mentale de la filière. Soté le Piocheur avait dû rapporter de province des chéquiers au nom de cet Éric Jocelyn-George. Pour que ces moyens de paiement fussent opérationnels, il fallait une pièce d'identité. Ce n'était pas la spécialité de Soté. Préfet était passé à l'action. Donner à quelqu'un d'entre nous l'identité de cet inconnu. Fabriquer une pièce d'identité à son nom. Préfet et Moki en avaient parlé. J'étais le dernier *débarqué*. Le plus naïf. Ma stature avait plu au grand mentor Préfet. Moki lui avait remis une de mes photos. Préfet avait œuvré une nuit entière sur la fabrication du faux. Tout était au point : des carnets de chèques authentiques, une pièce d'identité fausse mais avec le même nom que le détenteur des chéquiers.

– C'est avec ça que tu vas travailler, précisa-t-il, me tirant d'une rêverie passagère. Tu es Éric Jocelyn-George. Tu présentes *ta* carte d'identité avec un chèque au guichet. Tu demandes cinq coupons de cinq zones, ce qui devrait dépasser les 2 450 francs au total. Et nous reprendrons l'opération à chaque station, jusqu'à la vingt-sixième, Porte de Clignancourt. Multiplie à présent cette somme par le nombre des stations et nous aurons une idée de ce que nous allons avoir en poche ce soir...

Je n'étais pas fort en arithmétique. La somme me paraissait astronomique pour une journée de travail : au-delà de cinquante mille francs et proche de soixante mille. Il me convertit le montant en monnaie du pays, le franc CFA : plus de cinq à six millions. Je restai dubitatif.

C'était la vérité.

Alors que nous entrions déjà dans la station Porte d'Orléans, Préfet me retint :

– Dernière recommandation : du calme. Sois cool. Si le guichetier est pointilleux et te demande pourquoi tous ces cinq coupons, tu l'envoies balader en lui signifiant que nous, les nègres, on a le droit d'avoir des familles nombreuses à cause des pertes qu'on a subies pendant l'esclavage et toutes les autres conneries de l'Histoire. Et, n'oublie pas, on ne se connaît pas toi et moi. Nous sommes en affaires. Il faut assumer les risques. Avant d'acheter tes coupons, laisse passer tout le monde. Si le guichetier va vers le téléphone, tire-toi de là vite sans hésiter, il peut s'agir d'un appel à la police...

« Je pense que je t'ai tout dit. On peut y aller. Je t'attendrai sur le quai pendant que tu achèteras les coupons. On commence à la prochaine station, Alésia... »

C'était une femme de couleur qui tenait le guichet d'Alésia cette fin du mois-là. Je me sentis à l'aise, préjugeant que la solidarité dans la pigmentation de la peau était un argument de taille puisque remontant à la nuit des temps. L'homme perdu dans une multiplicité d'autres humains est à l'affût de celui qui lui ressemble. L'instinct grégaire sommeille en nous et se réveille en sursaut pour nous dicter ce penchant, cette inclination irraisonnée qui, si elle n'est pas domptée, se mue subitement en un racisme aveugle et sans appel.

Je souris à la femme.

Elle était au téléphone. Elle raccrocha, explosant d'une joie intérieure qui me fit penser qu'à l'autre bout du fil son correspondant avait touché, rien que par la magie du verbe, son point G. Elle mit du temps avant de me rendre mon sourire somme toute crétin, inopportun et circonstancié.

Elle était svelte, très mince, et devait considérer sa balance comme la huitième merveille du monde. L'uniforme vert-de-gris et le linge fin en forme de foulard au cou lui convenaient si bien qu'on ne l'imaginait guère ailleurs que derrière ce guichet, à côté de quelques cartes de Paris, de rouleaux de tickets, d'une machine à cartes bleues, de deux romans Harlequin et de ce vieux téléphone sur lequel elle bondissait dès la première sonnerie, fracassant tout sur son passage.

Sa jeunesse et sa maladresse lorsqu'elle découpait les tickets me convainquirent qu'elle venait fraîchement d'émerger d'un stage dont elle appliquait à la lettre les enseignements. J'aperçus son collègue qui se montrait en arrière-plan. Un blond au visage rubicond, avec un mégot égaré dans la steppe de sa moustache. Il tourna en rond et disparut derrière la porte de service qui donnait directement sur le quai où m'attendait Préfet.

Une dame âgée m'envoyait de violents coups de coude dans le dos. Je la fis passer avant moi. Elle me considéra des pieds à la tête et s'appliqua à remplir un chèque d'une main vacillante.

Je redressai le nœud de ma cravate et raclai ma gorge. Je jetai un coup d'œil furtif vers le quai. Je n'aperçus pas Préfet. Avec sa taille médiocre, il était noyé dans la foule des usagers. Lui devait me surveiller. Lui me voyait de là où il se trouvait.

– C'est à vous monsieur, roucoula la guichetière par l'hygiaphone.

– Euuh... oui, cinq, cinq coupons de cinq zones...

Je me mordis la langue. Ce que j'avais dit sonnait faux. C'est ce que je croyais. Je commençai brusquement à nourrir une peur bleue. La tentation de m'enfuir. Pour quelles raisons m'enfuir ? Par intuition. Par flair. Ces choses-là se sentent.

J'entendis une voix derrière.

Une autre dame d'un âge bien avancé s'impatientait et agitait comme un éventail sa carte de priorité. Je voulus la laisser passer.

– Cinq coupons, vous avez dit ? insista la guichetière.

– Cinq, de cinq zones...

Un silence.

Elle s'activa sur une calculette avec ses doigts fins et m'annonça un montant qui avoisinait les deux mille quatre cents francs. Je contins mon étonnement. Je détachai un chèque. Elle me dit de ne pas le remplir.

C'était tant mieux pour moi : je me souvenais subitement que Préfet ne m'avait pas appris comment remplir un chèque. Ce titre était quasiment inexistant au pays. Quelques fonctionnaires seulement le brandissaient devant le reste de la population envieuse mais plus fidèle aux billets et aux pièces sonnantes et trébuchantes. À tel point que, là-bas, le chèque était un signe extérieur de richesse, un gage de solvabilité permanente. Pourtant, le compte bancaire, dans l'esprit des particuliers, demeure une invention abstraite de l'État et de certains commerçants véreux, ses valets, pour rogner les économies des pauvres masses populaires. Pourquoi confier la gestion de sa tirelire à une institution qu'on connaît mal ? Et puis la rumeur courait que c'est avec l'argent du peuple que l'État payait ses propres dettes et qu'il en avait pour des siècles et des siècles avant d'honorer son ardoise. On ne comprenait pas comment un pays pouvait être endetté. On en concluait que c'était le Président et ses ministres qui payaient les crédits de leur parc automobile et le coût de leur train de vie. Dans ces conditions, par précaution, au pays, on gardait

l'argent sous le lit, dans un coin de la maison inter-
dit aux enfants et où l'on déposait un fétiche des
ancêtres qui veillait nuit et jour et qui frappait, sans
pitié, tout voleur d'une maladie incurable...

Je ne pouvais pas remplir un chèque, ne l'ayant
jamais vu faire. Une autre hypothèse me vint à
l'esprit : Préfet avait jugé inutile de me l'expliquer
sachant que les machines seules remplissaient
maintenant les chèques dans ces guichets.

La dame de la station scruta ma carte d'identité
au nom d'Éric Jocelyn-George. Je guettai le téléphone.

Elle tournait le dos à l'appareil.

Une accalmie me traversa. Je soufflai. J'expirai si
fort que cela incommoda visiblement la guichetière.
Elle se leva munie de ma carte d'identité, du chéquier et se dirigea dans l'autre pièce en refermant
la porte derrière elle.

Mon angoisse revint à grandes enjambées.

M'enfuir ou ne pas m'enfuir ? Mon estomac se
noua. J'avais envie d'aller aux toilettes. Des sueurs
froides dégoulinaient de mes aisselles et longeaient
mes côtes. Je suffoquais dans cette veste d'hiver et
je desserrai la cravate. Mon pardessus à la main
devenait lourd à porter.

En me retournant, je vis qu'une longue queue
sinusoïdale de clients s'était déployée. Je voulus de
suite quitter les lieux.

Les forces m'abandonnaient. Je bougeai mon
pied droit ; le gauche ne répondait plus à ma
volonté. C'était le moment de m'éloigner de là. Que
faisait la guichetière derrière la porte ? Et s'il y avait
un autre téléphone à l'intérieur ? Était-elle en train

de demander une autorisation à la banque ou faisait-elle appel à la police ?

M'enfuir.

Bousculer cette foule.

Prendre ces escaliers deux à deux et sortir de cette station.

Non, surtout ne pas sortir.

La police ne viendrait que du dehors. Alors, sauter ces tourniquets, me retrouver sur le quai dans l'espoir qu'un métro arriverait à cet instant-là.

Et si la femme immobilisait le métro ?

Tant pis, je devais m'enfuir.

Mon pied répondit enfin à mes multiples sollicitations. Un métro entrait sur le quai. J'entendis des pas. Une course. Des usagers qui descendaient, qui sortaient. D'autres qui remontaient les escaliers. C'était le moment de m'infiltrer dans la foule...

J'étais déjà parvenu près du tourniquet quand la guichetière frappa sur la vitre pour me rappeler. Son collègue blond était réapparu. Il m'avisa sans sourire et frotta du revers de sa main sa moustache herbue. Il éloigna la pièce d'identité de son nez et me compara à la photographie du document. Il confirma de la tête qu'il s'agissait de moi et la guichetière me glissa les coupons sous la vitre après que j'eusse signé le chèque...

*
* *

Je rejoignis Préfet sur le quai.

Il me mitrailla de questions. J'avais trop lambiné. Il s'emporta, menaça de ne pas me rémunérer et se boucha les oreilles lorsque je tentai de lui détailler le déroulement des faits. Il n'avait rien à entendre, cria-t-il. Il arracha les coupons de mes mains et les fourra dans son blouson.

D'un ton martial, il déclara :

– Prochaine station : Mouton-Duvernet, et que ça saute plus que ça !...

Pouvais-je aller jusqu'au bout ?

Dans mon for intérieur, j'en doutais. Il nous restait vingt-quatre stations. Vingt-quatre moments d'angoisse. Je n'avais plus le droit de reculer. Avancer. Station après station. Le tout était de garder son sang-froid, de travailler de façon énergique. Si Préfet était loin d'être satisfait de mon labeur, moi j'estimais que j'étais allé jusqu'au bout de mes capacités...

Il était presque trois heures de l'après-midi.

Nous étions arrivés à Château-Rouge et allions y rester jusqu'à l'ouverture du marché noir afin d'écouler nos cent vingt-cinq coupons oranges...

Avant, tout s'était passé au mieux.

Les vingt-quatre stations se succédaient encore dans ma mémoire. J'étais étonné par la facilité des opérations malgré les frayeurs que j'avais éprouvées.

Même en y songeant, je ne me persuadais pas que c'était moi, Massala-Massala, alias Marcel Bonaventure, alias Éric Jocelyn-George qui avais pu mener de bout en bout l'affaire. Certes, il y avait l'œil du maître tapi quelque part dans l'ombre. Un œil que je devinais derrière moi. Cet œil au regard sanguin était là. Il guettait la moindre défaillance.

Préfet était là, de loin.

Si sa présence dans les parages me révoltait, elle me rassurait aussi. La révolte parce que j'étais le seul à travailler. L'assurance parce que je ressentais une sorte de protection, voire de bénédiction de quelqu'un qui avait tout un passé de cette activité derrière lui. Son expérience me serait bénéfique. En fin de compte, j'avais tiré les marrons du feu.

De station en station, l'opération n'était plus qu'un jeu. Vers onze heures, nous avions marqué une pause. L'angoisse, quoique plus tempérée qu'au départ, m'avait creusé l'estomac. Nous avions mangé des sandwiches grecs au métro Étienne-Marcel. J'ai mangé pour deux car Préfet, qui n'avait pas d'appétit, avait décapsulé coup sur coup plusieurs bouteilles de Kronenbourg qu'il vidait comme de l'eau plate. Il rotait bruyamment et s'amusait à retourner ses yeux. Il m'expliqua qu'il ne pouvait avoir d'appétit tant que l'argent n'était pas dans ses poches.

Errant dans le Forum des Halles, nous nous reposâmes sur un banc public vers le boulevard Sébastopol. Préfet décida par la suite que je devais me remettre au travail car l'heure du marché approchait. Nous avions déjà *acheté*, à ce moment-là, plus du tiers des coupons qu'il nous fallait. Ce n'était rien. Un travail inachevé, amateur, se hâta de préciser Préfet qui lut mon contentement prématuré.

Nous devions au plus tôt reprendre le labeur.

La peur était revenue après cette pause du boulevard Sébastopol. Je recommençais quelque chose que j'avais cru un instant terminé. C'était comme si j'étais à la première station, devant la dame de couleur et son collègue blond. Mais les réflexes revinrent. Je prenais désormais le risque de plaisanter avec les guichetiers.

Nous arrivâmes au terminus, Porte de Clignancourt. De là, nous avons effectué un deuxième tour en sens inverse jusqu'à la Porte d'Orléans, notre point de départ de la matinée. Le dernier chèque fut détaché à cette station. Nous devions remonter une fois de plus vers la Porte de Clignancourt, au nord de Paris, pour rejoindre le marché noir. Nous sommes descendus à Château-Rouge, lieu du marché. Il nous restait à présent à écouler les titres de transport *achetés* durant cette palpitante journée. Cela ne m'impressionnait pas. Il n'y aurait pas tout ce parcours chaotique que nous avions effectué du sud au nord de Paris et vice versa...

*
* *

Il n'était que trois heures de l'après-midi.

D'après Préfet, le marché noir ne s'ouvrait qu'aux alentours de dix-sept heures. Alors, nous nous sommes installés dans un café. Nous attendions l'heure. Préfet avait repris une bière. Il avait daigné me féliciter, mais du bout des lèvres. Ce n'était pas encore ça, avait-il ajouté. Je devais me remettre en cause, je n'étais pas rapide, je manquais de conviction dans mes gestes. L'essentiel était accompli ; la prochaine fois, je devrais me secouer plus que ça.

Nous devions passer à la phase suivante. La plus importante, celle qui lui tenait à cœur, selon ses propres termes. Nous allions récolter ce que nous avions semé.

Là encore, il n'y est pas allé par quatre chemins. Je tirerais les marrons du feu. Il n'avait pas à se mêler du stage qu'il me faisait faire dans mon intérêt.

— Tu dois accomplir ta mission jusqu'à la fin pour que ton baptême soit effectif. J'ai toujours gardé une grande discrétion dans ce milieu. Personne ne doit savoir que je suis là. Tu comprends ? C'est une question de prudence...

Il a détaillé le déroulement de la deuxième phase. J'avais intérêt à écouler tous les cent vingt-cinq titres de transport ce soir, sinon nous aurions du mal à trouver des clients le lendemain, l'autre mois ayant débuté et tout le monde, en principe, ayant acheté son coupon dans une station. Règle primordiale : la discrétion absolue. Ne pas vendre aux Blancs. Sentir le client. Le voir venir. Dès qu'il paraissait suspect, je ne devais accepter aucun dialogue avec lui. Le client insiste ? Jouer le naïf :

– « Je ne sais rien. Je ne sais pas de quoi vous parlez. Quels titres ? Ah bon, ça se vend ici ? Où ça ? » Tu répondras ainsi aux suspects. Moi, je serai dans un coin, près de cette boucherie de la place du marché. Si un client de couleur veut acheter, il sait comment se manifester. Il est habitué. Il hochera la tête à plusieurs reprises comme s'il acquiesçait, et toi, tu feras le même geste en lui indiquant du menton la direction à suivre. Vous vous retrouverez au bout de la rue. Le client aura préparé ses espèces et tout se passera en une fraction de seconde, sans un mot. Tu dois revenir au café dans lequel je me trouve pour me remettre au fur et à mesure les recettes des ventes. Garder beaucoup d'argent sur soi porte la guigne à cause de la jalousie de ceux qui exercent la même activité. Si, par aventure, un car de policiers arrive sur le marché, garde ton calme, pénètre dans la pharmacie d'en face et attends leur départ. Tu ne dois pas paniquer, c'est une situation courante ici. Ce sont des descentes de police de pure routine, tu dois le savoir depuis que tu fais les courses ici...

Je l'avais écouté parler longuement.

Il se répétait, doutait de ma capacité à écouler les titres de transport. Il était à son énième verre de bière.

L'heure passait.

Château-Rouge était empli de monde. Le marché d'alimentation allait jusqu'à six heures. Des groupes de personnes étaient debout sans raison apparente ici ou là. La clameur agitait la place. Des allées et venues. Des bousculades. Des mobylettes sans tuyau d'échappement. Des guimbardes qui s'infiltraient illégalement dans la rue piétonne. Des conducteurs qui abandonnaient leur voiture sur la chaussée.

Un autre marché parallèle, le marché noir, s'installait petit à petit et se mêlait au marché normal.

D'abord les vendeurs de vêtements à la sauvette, avec leurs sacs encombrants qu'ils colportaient sur le dos et des ceintures en cuir à la main, enroulées en spirale, qu'ils proposaient à tout passant.

Des vendeurs de montres, avec leur pantalon aux poches lourdes comme la panse d'un âne. Une main vite enfouie à l'intérieur faisait ressortir, l'espace d'un cillement, la montre qu'il fallait pour le client qui attendait. D'autres montres étaient accrochées dans la veste. Les vendeurs n'avaient qu'à se déboutonner et à écarter les pans de leur habit pour offrir aux clients ébahis un étal ambulant à rendre jaloux les commerçants qui croyaient dur comme fer aux vertus de la patente et de la déclaration fiscale des bénéfices industriels et commerciaux.

Quant aux vendeurs d'appareils photos, de radio-cassettes, ils surgissaient prudemment des ruelles. Le poids de leurs marchandises les dissuadait de les coltiner sur eux. C'était surtout la crainte d'une descente massive de policiers qui les démangeait. Ceux-ci confisqueraient leurs marchandises, ces présumés propriétaires n'ayant aucune facture qui pût légitimer leur droit de propriété. De tels appareils crevaient les yeux. Les vendeurs louaient donc des chambres d'hôtel dans le voisinage. Lorsqu'un acheteur se manifestait, ils lui montraient des photographies des appareils. Le client les suivait ensuite à l'hôtel, où il pouvait essayer l'appareil en toute quiétude.

*
* *

— Tu peux y aller maintenant, me dit Préfet en vidant son dernier verre de bière.

Il sortit du café pour se diriger plus bas, près d'une intersection, à un point où je viendrai conclure mes ventes avec les clients. De là, il ne raterait aucune de mes transactions. Il s'installerait dans un autre café, celui que j'apercevais de là où je me trouvais, avec une vaste terrasse et des sièges jusque dans la rue.

Je me levai aussi.

L'angoisse que j'avais inhumée depuis fort longtemps revint. Comme si je reprenais le même travail. Comme si j'allais me pointer devant chaque guichet des stations de métro, détacher un chèque, présenter la carte d'identité au nom de cet homme que je ne connaissais pas, Éric Jocelyn-George, attendre, signer, prendre les cinq coupons, retrouver Préfet sur le quai, reprendre le métro pour opérer de nouveau à la station suivante...

Je posai une main sur ma poitrine pour entendre battre mon cœur. Je sentis plutôt quelque chose d'autre qui me gênait dans la poche intérieure de ma veste. Instinctivement, je glissai une main pour retirer le contenu...

Ma première photo à Paris.

Ces grands yeux d'enfant émerveillé. La glace brisée. Les couvertures en laine. La lucarne de notre pièce. L'odeur de rance. La motte de terre de la sépulture de ma grand-mère, là, dans la poche extérieure de mon pardessus.

Je rêvais debout.

Je devais sortir de ce café afin de boucler cette folle journée. Je ne pouvais plus avancer d'un pas. En fait, je ne voulais plus avancer. Préfet était devant moi et me défiait du regard. Je restais de marbre, les maxillaires serrés par une exaspération soudaine. Une révolte de dernière heure. Tel un cheval opiniâtre qui tente brusquement de renverser son cavalier. Préfet était en face de moi. J'ai osé soutenir ses yeux qui roulaient comme des globules blancs débordés par l'invasion d'une cohorte de microbes non identifiés. Je me contenais. Je voulais lui dire tout ce que je pensais de cette histoire. Je voulais capituler. Baisser les bras. Jeter par terre les armes. J'en avais marre. Puis, une phrase me vint subitement au fond de la gorge :

— Parlons sérieusement, combien je toucherai dans cette affaire ?

Préfet, qui ne s'y attendait pas, répliqua froidement :

— Ici, on ne vend jamais la peau de l'ours avant de l'avoir tué.

— Je m'en fous de ça, je ne bougerai pas si je ne

sais pas quelle somme me sera reversée. Je suis prêt à me contenter de vingt mille francs pour que...

— Disons quinze mille...

— J'ai dit vingt mille.

— Tu oublies que tu me dois les frais pour tes papiers d'identité. Tu oublies que je dois payer le Piocheur qui m'a donné les chéquiers. Tu oublies que je dois payer Moki qui m'a fourni ce que je pourrais appeler une main-d'œuvre. Tu oublies que ta tenue de travail, je l'ai achetée avec mon pognon, c'est du Cerruti que tu as là, mon gars, je ne sais pas si tu t'en es rendu compte. Et tu oublies tout ça ? Comme tous les *débarqués*, tu n'es qu'un ingrat. Nous ne pourrions pas vendre ces titres au prix des guichets. Au marché noir, on baisse les prix, sinon à quoi cela servirait-il ? Nous aurons à peu près quarante-cinq mille francs et tu veux en toucher vingt mille !

— Je trouve le partage équitable.

— Vingt mille francs, c'est le prix d'un papier d'identité ; je ne devrais rien te reverser si je m'en tenais à ça. Je suis encore indulgent, je rappelle mon offre à prendre ou à laisser. Réfléchis bien : quinze mille francs, et tu ne me devras plus rien...

— ...

— Allez, ne perdons plus de temps, au travail !

Je restai debout près de la boucherie.

Il partit s'asseoir sur la terrasse du café d'en bas. Je le voyais de loin changer de siège. Il me fit signe de la tête.

Un moment d'hésitation.

Je me décidai.

Je voulais terminer au plus vite cette affaire pour souffler. Un calcul mental me fit comprendre qu'avec quinze mille francs français, dans mon pays je serais nanti d'un million et demi de francs CFA. Je serais un millionnaire.

Je me contenterai de cette somme. D'autant que je ne devrai plus rien à Préfet.

Je fis le premier pas.

Je quittai le café pour m'avancer vers les clients...

J'avais vendu quelques titres de transport à plus d'une dizaine de clients, pour la plupart des Noirs et des Maghrébins, parfois même des Hindous dont l'exubérance du sourire m'éclairait sur leur appartenance au sérail.

Je m'amusais à voir comment ces clients m'abordaient sans que le passant ignorant se doute de quelque chose. Ils exécutaient de vifs hochements de tête. Je les leur rendais à mon tour et leur indiquais, avec les mêmes gestes, de me suivre au bout de la rue. Je les devançais. Nous prenions une étroite ruelle tortueuse qui exhalait l'urine. La transaction se tramait là, dans une clandestinité totale, la rue étant quasiment déserte. Je n'oublie pas les pigeons. En effet, nous n'étions pas les seuls à apprécier la discrétion des lieux. Outre les femmes qui y accouraient, remontaient leurs pagnes jusqu'aux fesses pour uriner à califourchon, nous perturbions visiblement d'autres êtres : des pigeons qui s'échappaient à notre approche et se posaient, hargneux et courroucés, sur les toitures vétustes des immeubles. Ils se plaignaient à haute voix dans leur langue et revenaient dès que nous avions tourné le dos.

La transaction achevée, je redescendais la rue, précédé cette fois des clients. Avant de parvenir au point de repérage de la clientèle, je bifurquais à droite et allais verser la recette à la terrasse où Préfet m'attendait, l'œil mercantile, devant un verre de bière débordant de mousse.

J'en arrivais à un constat optimiste : en moins d'une heure, je pouvais épuiser les cent vingt-cinq titres de transport.

La demande dépassait de loin l'offre...

J'attendais les clients.

La nuit allait nous surprendre dans peu de temps. Le marché se calmait. Mon optimisme aussi. J'avais un peu exagéré. Il fallait pourtant attendre. Préfet l'avait dit : certains clients quittaient leur travail vers six heures du soir. Ils venaient de partout, même des banlieues les plus reculées de l'Ile-de-France. Le temps qu'ils arrivent au marché, la nuit leur tombait dessus à coup sûr. Cependant, jamais ces coupons n'étaient repartis avec lui. Ils étaient à liquider coûte que coûte. Au pire des cas, on devait réviser nos prix – car à quoi serviraient ces titres une fois que le mois serait passé ou largement entamé ?

*
* *

Il me restait moins d'une vingtaine de titres de transport. Lassé de demeurer debout sur la chaussée, les pieds gourds, je me déplaçai afin de m'adosser en face, contre un mur moins endommagé par les jets d'urine.

Je traversai la rue.

La place perdait son affluence peu à peu. Des vendeurs du marché se concertaient, établissaient des comptes obscurs, échangeaient les marchandises entre eux. Les clients, eux, ne mordaient plus. Il fallait les prendre par la main, insister, les convaincre, négocier les prix. Je n'avais pas à subir cette période de vaches maigres. Rien que par ma façon de me tenir, ils subodoraient que j'étais celui qui vendait des coupons. Un peu comme cet homme de couleur très foncée, grand de taille, qui se tordait le cou pour manifester par ses hochements de tête impétueux qu'il voulait un titre de transport.

Je lui répondis et lui indiquai du menton l'itinéraire.

Il me sourit.

Des dents blanches. Des lèvres épaisses. Une grande bouche qui me fit conclure, sans autre forme de procès, qu'il comptait plus de dents qu'un homme normal et que son rire, le moins qu'on pût en dire, était niais.

Je descendis l'artère ; l'homme venait, résolu, après moi. Il poursuivait ses gestes d'acquiescement de la tête.

J'allais le servir.

Les pigeons s'envolèrent de la rue.

Ils roucoulèrent de hargne sur les toits. Un peu plus bas, je n'apercevais plus l'ombre de Préfet sur la terrasse.

Personne.

Un homme en tablier balayait la devanture du café et rangeait les chaises les unes sur les autres.

Où donc était-il passé ?

En bifurquant à droite, je réalisai que quelque chose se passait dans cette ruelle. Je devais marcher, faire comme si je rendais visite à quelqu'un dans un des immeubles des parages. Je relevai instinctivement la tête : deux hommes venaient vers moi, le pas pressé. Plus loin, une voiture mal garée, occupant toute la chaussée.

Une Mazda blanche.

Elle n'était pas là avant. Je me souvenais bien. Elle n'était pas là. J'essayai de rebrousser chemin. Le Noir au sourire niais qui me talonnait encore pour l'achat des titres de transport m'enjoignit, le visage fermé, de continuer jusqu'à la voiture. Il agitait en l'air une paire de menottes et me rattrapa à grands pas tandis que les deux autres hommes, un grand et un petit, m'immobilisaient contre la voiture en me fouillant âprement. Aucune résistance de ma part. Les pieds retenus au sol. Le corps pesait, brûlait intérieurement tandis que le cœur frappait violemment contre ma poitrine.

Les pigeons nous lorgnaient de là-haut...

Les deux hommes saisirent mes fausses pièces d'identité, les talons des chéquiers, les titres de transport invendus, et ma première photo à Paris. Le petit homme, plus entreprenant que le grand, ôta mon pardessus, le secoua et retira de ma poche la motte de terre de la sépulture de ma grand-mère. Il l'ouvrit, la renifla. Je l'entendis s'interroger, dubitatif :

– Qu'est-ce que c'est que cette nouvelle drogue ?...

J'entends du bruit derrière la porte.

Quelqu'un qui est en train de l'ouvrir. Presque de la défoncer. Il assène des coups de pieds, tourne la clé dans les serrures et grommelle des injures.

Les mêmes personnes qu'hier sans doute. Celles qui m'avaient entraîné ici. Le grand et le petit.

Ils sont là. Ils sont revenus. Je me demande bien à quoi riment ces allées et venues. À chaque remue-ménage dehors, je me dis que le moment est peut-être venu. Et puis ils repartent, sans m'annoncer quoi que ce soit.

Ils sont là...

La lumière va m'éblouir.

La lumière ? Je ne sais pas quelle heure il est. J'ai beaucoup dormi et je ne peux préciser à quel moment j'ai plongé dans le sommeil. Est-ce le songe qui m'a replongé dans tout ce passé ? Avant de fermer l'œil, il y avait ces images. Moki. Préfet. Moki encore. Préfet encore.

Je ne me souviens plus de rien.

Il faut que je fasse le même effort de mémoire. Comme je l'ai fait jusqu'à présent. Je ne rêve pas. Les choses vont se précipiter. Ma situation dépend

certainement de cette porte qui est en train de
s'ouvrir.

Qu'est-ce qui s'était passé ?

Je vais me souvenir. La Mazda blanche qui cou-
pait toute la ruelle. Je n'ai plus que l'ombre de
l'homme qui m'avait précipité dans cette pièce. Le
petit homme. Le plus entreprenant des deux. Ses
mains musclées sur mes épaules. Ils avaient refermé
la porte dans un grand vlan. Ils étaient repartis pré-
cipitamment sans me dire ce qui allait advenir par
la suite.

Maintenant ils sont là. Derrière la porte.

Il faut que je me souvienne.

La voiture mal garée sur la chaussée. Les deux
hommes qui se rapprochaient. Je n'ai pas fui. Je n'ai
opposé aucune résistance. Était-ce mon tort ? Ils
m'ont donc immobilisé. Le Noir était un des leurs.
Il travaillait avec eux. Il avait feint de vouloir acheter des titres de transport. Qui leur avait vendu la
mèche ? Comment étaient-ils au courant des gestes
de notre milieu ?

Dans la Mazda, c'était le Noir qui conduisait.

Ils m'avaient attaché les bras avec des menottes.
J'étais derrière, encadré par les deux hommes circonspects et patibulaires. Ils semblaient respirer au
même rythme. Ils regardaient droit devant eux. Le
plus grand avait dit au chauffeur :

– Direction le quatorzième arrondissement, rue
du Moulin-Vert...

*
* *

Dans la rue du Moulin-Vert, les deux hommes m'avaient soulevé comme un bagage pour monter les escaliers de notre immeuble. Le Noir, tempétueux, défonça la porte de la chambre d'un coup d'épaule et faillit s'étaler sur les couvertures en laine. Il n'y avait personne dans la chambre. Ils étaient contrariés, dépités, et me firent asseoir par terre. Le plus petit aboya :

— Où est Préfet ?

Son regard était en flamme. Son corps musclé paraissait attendre l'instant propice pour m'envoyer un coup fatal dans la figure.

— Je n'en sais rien, répondis-je en me protégeant le visage.

Le petit homme s'irrita et froissa sa veste, dans laquelle il dénicha une enveloppe qu'il déchira maladroitement.

— Et ça, c'est quoi ? s'époumona-t-il.

Il fit tomber sur mes jambes deux photographies Polaroïd en noir et blanc. Sur la première, nous discutions avec Préfet devant la station de métro Porte d'Orléans. Il avait une cigarette entre les lèvres. Je l'écoutais, attentif, tel un disciple buvant les paroles de son maître avec une dévotion aveugle. Sur la seconde, nous nous trouvions dans un café de Château-Rouge. Il avait sorti d'une poche de son blouson l'enveloppe contenant les titres de transport. Il s'apprêtait à les compter avant de me les remettre. Je n'étais pas de bonne humeur. C'était après la dispute que nous avions eue au sujet de ma rémunération.

— Alors, vous ne savez toujours pas où crèche votre complice ? ironisa le petit homme devant ma confusion coupable.

Le spectre de Préfet était là.

Il avait tissé une toile de mystère sur son lieu de résidence. C'était cela sa force. Je le savais, il n'habitait nulle part. Qui de nous pouvait dire où il dormait ? L'existence de Préfet n'était pas ordinaire. Il s'était armé pour cela. Échapper à la police. Il s'était imposé une discipline drastique. Un emploi du temps complexe. Beaucoup d'entre nous renonceraient à une vie pareille. Il ne prenait pas le même itinéraire. Ses gestes ne devaient pas s'installer en habitude. Ne pas voir les mêmes gens. Ne pas leur laisser l'occasion de décider des rencontres. Ne pas leur annoncer sa visite. Arriver chez eux à l'improviste. Ne pas se faire photographier avec les autres Parisiens. Éviter les lieux publics comme les Halles, les Champs-Élysées ou la gare du Nord. À Château-Rouge, il demeurait à l'arrière-plan, aiguillant en maître les opérations. Toutes ces précautions le rendaient claustrophobe. Il n'aimait pas entrer dans notre chambre. C'était pour lui une souricière dangereuse. Chaque pas sur le plancher l'inquiétait. Il attendait au rez-de-chaussée et prédisait qu'un jour on nous cueillerait comme des libellules.

Une zone d'ombre recouvrait mon esprit : puisqu'ils nous avaient photographiés avec Préfet, pourquoi avaient-ils laissé filer celui-ci au lieu de l'appréhender enfin ?

La réponse me parut d'une évidence banale. Ils voulaient remonter la filière. Savoir comment nous opérions. Combien nous étions. Qui était en amont. Dans quels lieux, autres que Château-Rouge, nous écoulions ces titres de transport. La police ne se satisfait guère des victoires en bribes. Lorsqu'elle

vous laisse le temps de souffler, ce n'est que pour
préparer le grand traquenard. Il faut baisser les
ailes de l'euphorie. Ne pas sonner le clairon de la
victoire trop tôt. Quelque part, dans sa reconstitution, un élément du puzzle fait défaut ou a été mal
placé. Alors, elle prend le temps de le rechercher,
de le déplacer, le scruter, le comparer avec
d'autres, et de le replacer jusqu'à le rétablir dans
la bonne case. Cela peut prendre des jours, des
semaines et, le plus souvent, des années entières.
Dans notre milieu, nous blaguions en disant que la
police française était la plus lente du monde mais
la plus efficace. Une mante religieuse et non une
mouche exacerbée par l'odeur d'une défécation...

Préfet avait pressenti cette ambiance suspecte
dans la rue et avait dû détourner l'attention de ces
hommes. Ceux-ci nous auraient laissés opérer
jusqu'à la fin et nous auraient cueillis, comme ils le
pensaient, chez Préfet. Ils verraient son domicile, y
perquisitionneraient et y découvriraient le matériel
de faussaire et autres documents compromettants.

Or voilà : Préfet ayant disparu, j'étais le seul à
même de les renseigner sur sa résidence.

– Pour la dernière fois, où vit Préfet ?!
– Je n'en ai aucune idée.
Ils mirent la pièce sens dessus dessous, balancè-
rent les couvertures par la fenêtre, arrachèrent les
morceaux de papier peint rescapés sur les façades
fissurées, renversèrent la table en plastique et
ouvrirent la lucarne afin de regarder sur le toit.

En désespoir de cause, le plus grand ordonna en
me menaçant de l'index :
– Bon, embarquez-moi ça !

Le Noir me tordit le bras tandis que le petit homme en profitait pour m'administrer dans le derrière ce coup de pied qui le démangeait depuis longtemps.

Des semaines déjà que je me retrouvais, pour la première fois de ma vie, à l'ombre de la maison d'arrêt de la Seine-Saint-Denis. J'étais seul, cloîtré dans une cellule de l'aile A du bâtiment 1 au troisième niveau. J'avais une vue sur la cour et sur quelques toitures du voisinage. Je montais sur le lit, m'agrippais aux barres en fer de cette petite fenêtre. Je voyais de là les surveillants opérer leur ronde avec des bouledogues ou les détenus du bâtiment d'en face faire de la gymnastique et jouer au volley-ball. Des véhicules de police allaient et venaient à longueur de journée avec des captifs.

Dans les quatre murs de la prison, je ne voulais plus penser à toutes ces personnes de notre monde. Je voulais faire le vide autour de moi. Ne plus penser qu'à moi-même, à personne d'autre.

Entendre les voix intérieures de la conscience fut une rude épreuve. Je balayais d'un revers de main les pensées qui m'infligeaient des remords. Je n'y parvenais pas pour autant. Un miroir était en face de moi. L'homme que je découvrais m'intimidait. Je n'arrivais pas à m'en détacher. Ses grands yeux me fixaient sans ciller. Son front attristé m'apitoyait.

Ses traits tirés soulignaient son épuisement devant les événements. Je tendais la main pour le toucher. Je remarquais que je me tendais la main à moi-même. J'étais loin. J'étais dans un trou depuis que le verdict était tombé comme un couperet...

*
* *

Personne ne venait me rendre visite à la maison d'arrêt. Et pour cause : le visiteur aurait connu le même destin que le mien. Je n'avais pas non plus reçu de lettre. C'était une des règles de notre milieu. On ne se connaît plus. J'étais devenu sale. J'avais failli à ma mission. J'étais indigne du milieu.

Où était passé Préfet ? Où était passé Moki ? Avaient-ils rapporté la nouvelle de mon incarcération au pays ? J'étais sûr que non. Ils avaient intérêt à la dissimuler pour leur propre image.

La tête que ferait mon père !

Ses paroles de sagesse. N'écouter que la voie de sa conscience : « *Sois prudent, regarde autour de toi et n'agis que lorsque ta conscience à toi, et non pas celle d'un autre, te guide. Ce seront mes dernières paroles, moi ton père, celui qui ne possède rien et qui n'envie rien à personne...* »

J'étais resté enfermé dans cette nuit interminable. Je ne savais plus ce que signifiait le jour, la liberté. Je ne pouvais qu'inventer la lumière avec les étincelles des souvenirs. Je m'accrochais au fil ténu de l'espérance. Un jour, la lumière jaillirait, illuminerait l'horizon. Pour l'heure, c'était le règne de la nuit.

Vivre dans l'ombre change l'homme.

Je le sus en me contemplant un jour dans une cuvette remplie d'eau au milieu de la cour de la maison d'arrêt. Je me mirais de la sorte. Mes traits fluctuaient sur le liquide, se métamorphosaient dans le récipient. Je découvrais un homme étrange, un homme qui me rebutait. Le visage osseux, la barbe hirsute, les cheveux coupés court par un codétenu.

J'étais cet homme-là.

Je m'imaginais le reflet de ce visage sur la glace brisée de notre chambre du Moulin-Vert. Je ne me reconnaîtrais pas. J'avais un autre visage. Avec une charge qui me retenait aux pieds. Une charge qui m'immobilisait en ces lieux.

Le chef d'accusation était un fardeau au-delà de ma résistance morale. Condamné pour complicité d'escroquerie, d'usurpation d'identité, de faux et usage de faux et autres infractions tentaculaires dont les terminologies juridiques me firent bondir du box des accusés, j'appris à mon plus grand désarroi que la loi française était plus rigide avec les complices qu'avec les auteurs principaux. Mon avocat, commis d'office, se fit remplacer à la dernière minute par son stagiaire, un jeune métis prétentieux qui s'écoutait tellement parler que, au lieu de me défendre, il consacra toute la matinée à réciter son cours de droit pénal spécial et de criminologie aux juges à moitié endormis.

Dehors, on m'avait oublié.

J'étais un homme sans identité, moi qui, un temps, en avait endossé plusieurs. Je ne savais plus qui j'étais en réalité. Massala-Massala, mon vrai nom ? Marcel Bonaventure, le nom d'adoption ? Éric Jocelyn-George, le nom de travail ?

S'oublier.

N'être plus qu'un homme anonyme. Sans passé. Sans avenir. Condamné au présent immédiat, à le porter jour après jour, le regard baissé. Un homme sans repères, traqué par les remords, tourmenté par la nuit, mangé par l'épuisement.

J'étais un autre homme...

J'avais appris les vertus du silence.

Dans le noir, je retrouvais ces ombres, ces visages, ces images du pays, seules amours fidèles qui me distillaient la joie de vivre, d'espérer un jour franchir ce mur froid. Je rêvais, au-delà de cette cellule, d'un espace de bonheur sobre et honnête.

Le pays était là. Proche.

Le pays était là. De ses mamelles ruisselait ce lait tiède, riche et nourricier que je buvais goulûment. Ces mamelles que je pressais de toutes mes forces.

Le pays était là.

À cette époque, la graine devait germer, s'épanouir dans le sein de la terre. Le ciel bleu s'élançait dans l'immensité de l'horizon, les feux de brousse se succédaient et les oiseaux migrateurs revenaient de leur lointaine transhumance...

Le pays était là.

La prison fut une traversée du désert, celle qui me mit en face de mes responsabilités. Celle qui me montra que le destin était une ligne brisée, un terrain émaillé de bancs de sable qui empêchent la marche.

Ma France était celle-là.

Celle de la nuit. La nuit des pensées. La nuit des vagabondages. La nuit des murs.

Où était la lumière ? Par où passait le soleil ?

Je m'en voulais d'une part et me blanchissais de l'autre. Je cherchais une voie de sortie. Je cherchais la rédemption. Celle-ci, je devais la conquérir, ne point l'attendre comme les autres détenus accoutumés et résignés à leur sort. Ne point l'attendre dans une fatalité béate. Sortir de cet endroit le plus tôt possible.

La rédemption est une longue marche. Il faut se lever tôt, prendre des vivres, de l'eau et de quoi se couvrir lorsque la nuit tombera. Je devais aller vers elle. Ce n'était pas à elle de venir vers moi.

La voie de la rédemption passait par la conduite. J'avais intérêt à me conduire de manière irréprochable afin de retenir l'attention de ceux qui avaient pour mission de nous mettre sur une nouvelle voie.

Aussi, je parlais peu. J'obéissais. Je rangeais mon lit de détenu aussitôt que je me levais. J'aurais aimé lire, je n'eus pas cette occasion. Aucun livre, aucun papier dans le bâtiment pour griffonner tout ce qui me passait par la tête. Écrire des lettres qui n'arriveraient pas à destination. Rapporter mes angoisses et mes peines. Dessiner le visage de la liberté. Un oiseau de lumière aux ailes déployées.

Lire, méditer. Lire encore et méditer. Mes prières quotidiennes, je les inventais. Avec mes mots. Selon mes humeurs. Je ne demandais rien de précis à l'Être suprême. Lui qui m'avait relégué dans ce précipice. Je communiais simplement avec les miens au pays.

La voie de la rédemption s'ouvrit.

J'étais courtois aussi bien avec les codétenus qu'avec le personnel de la maison d'arrêt. Je ne répondais pas aux incartades des autres. Dieu seul sait combien de fois je m'y étais confronté. Je m'éloignais des conciliabules et des projets de coups louches qui finissaient par arriver jusqu'aux oreilles des surveillants. Le châtiment ne tardait pas. La réclusion dans un lieu humide, éloigné et ténébreux, avec en prime une réputation de renégat qui compromettait toute perspective de clémence.

J'acceptai d'apprendre la menuiserie pendant mon incarcération. J'endossai une combinaison bleue. Nous étions nombreux à suivre un maître jusqu'à l'atelier de l'établissement pénitentiaire. Les machines vrombissaient. On nous surveillait de près. J'appris à travailler le bois, à manier un rabot, à perforer une planche, à fabriquer des lattes, à enfoncer un clou sans qu'il se torde, à scier avec dextérité. Quelques mois après, je montais des chaises, des tables, des étagères, et surtout des bancs sur lesquels nous nous assoyions dans la cour ou dans le réfectoire. Je reçus un certificat à la fin du stage. J'avais un petit métier. Ces mains servaient à quelque chose. J'attendais toujours la rédemption...

La grève de la faim que prêchaient les bagnards turbulents n'était pas mon affaire. Ils devaient m'en vouloir. Moi, je mangeais. Je vidais mon bol avec appétit et terminais mon pain jusqu'à la dernière croûte. La grève de la faim ne me concernait pas. Je n'étais pas en ces lieux pour militer, infléchir la politique carcérale de l'établissement. Pourquoi lutterais-je à changer les conditions d'un milieu qu'il me fallait à tout prix quitter ? Si militantisme il y avait, j'aurais aimé qu'il se manifestât dans le dessein de bêcher la voie la plus rapide pour reprendre la liberté. Non pas une liberté acquise sous le couvert d'une évasion, chose que j'abominais – je devais payer quoi qu'il en fût et j'assumais –, mais celle méritée en mon âme et conscience.

Cette liberté, pouvais-je l'acquérir ?

C'était une autre histoire. Il fallait d'abord sortir de la maison d'arrêt...

Le temps était vite passé.

Comme un coup de vent. De façon lente, mais progressive. Après dix-huit mois, j'allais enfin sortir de la maison d'arrêt. Ma bonne conduite y avait contribué. Une telle nouvelle avait de quoi me réjouir.

Ce fut le contraire.

Je ne me réjouissais pas de cette liberté qui s'offrait à moi. Bien plus, je l'appréhendais. Sortir. Un moment que j'escomptais. Un moment que je redoutais à présent. La raison était là, écrite noir sur blanc, sans possibilité de la discuter. La raison était cette fausse note, sèche, expéditive et impérative qui accompagnait la décision de liberté : je devais quitter le territoire français...

Cette décision impliquait une grave conséquence : dès que j'aurais le nez dehors, on me reconduirait à la frontière manu militari. On ne me laisserait pas le temps de souffler. Vous êtes libre, mais vous devez regagner votre pays car la France n'a plus besoin de vous. Je me sentais évincé, répudié, indésirable.

Le juge avait tranché...

À ma sortie, les deux hommes m'attendaient.

Le grand, celui qui devait avoir pas moins de deux mètres, et le petit musclé prompt à jouer les durs avec ses biceps conditionnés. Il n'y avait plus le Noir, le chauffeur qui m'avait tendu le piège à Château-Rouge. Les deux hommes affectaient des mines impassibles. Le grand fumait une pipe qu'il bourrait avec son index et il déversait par la suite la cendre au-dessus de cette voiture blanche qui ravivait mes souvenirs. Le petit jouait plus que jamais au venimeux. Il croisait inlassablement des bras gros comme des thons de haute mer.

Ils pénétrèrent en file indienne dans l'établissement, déambulèrent de bâtiment en bâtiment. Ils se sentaient chez eux et saluaient au passage des surveillants qui se courbaient de révérence. Ils entrèrent dans les locaux administratifs, discutèrent avec le directeur, un petit homme au rire facile et au visage mitraillé de taches de rousseur. Ils signèrent une montagne de paperasses, se serrèrent la main pendant que le directeur leur indiquait la direction de la salle dans laquelle je patientais devant un surveillant au bord de la retraite et qui tuait désormais son temps à tripoter ses crottes de nez.

Les deux hommes firent irruption dans la salle :

– Vous allez nous suivre, dirent-ils en chœur.

Je le fis.

J'avais peur de sortir de cet endroit. Que retrouverai-je dehors ? J'avais peur de la lumière. Or la liberté commence par la lumière. J'avais peur de la liberté. Quelle liberté ? Je voulais rester dans ces locaux. La fixité crée des liens au-delà même de l'endroit où l'on est cloîtré. J'abandonnais là une partie de moi-même. On n'oublie pas dix-huit mois de son existence par un coup de baguette magique. Je ne percevais plus ce lieu comme une bâtisse de bannissement mais comme un espace qui m'avait permis de payer à la France ce que je lui devais. Échanger ma liberté, ce bien inaliénable, pour gommer les stigmates de mon inconduite.

En fin de compte, dix-huit mois me paraissaient plus que suffisants...

*
* *

La voiture démarra.

Le petit homme musclé conduisait. J'étais derrière, une de mes mains retenue par les menottes à celle du grand.

– Où allons-nous ? risquai-je.

Personne ne me répondit.

FERMETURE

La lumière a ébloui mes yeux.

La porte est ouverte.

Les deux silhouettes sont devant moi. Une grande et une petite. Une voix me demande de me lever et de me rendre dans une pièce voisine pour ma toilette.

– Le charter part dans trois heures exactement, magnez-vous !

Le charter.

Ils vont exécuter la décision du juge.

Je souhaite passer une dernière fois par la rue du Moulin-Vert. *« Pas question »*, disent-ils. Ils sont stricts. *« Vous n'avez plus rien à faire là-bas, nous avons fait bloquer la pièce et sommes à la recherche de votre ami et leurs acolytes. »*

J'apprends que nous ferons escale dans plusieurs capitales africaines : Bamako, Dakar, Kinshasa et enfin Brazzaville. Dans cette dernière ville, qui est celle de mon pays, je serai abandonné à mon propre sort, dit-on, mais avec quelques billets de francs français dans les poches. Je ne connais pas Brazzaville. De là je prendrai le train, puis un véhicule tout-terrain m'emmènera jusqu'à mon quartier, à plusieurs kilomètres de la ville côtière du Congo, Pointe-Noire.

La perspective du retour m'ébranle.

Je ne suis plus qu'un bon à rien. Je ne suis plus qu'une loque. Un raté. Je ne m'étais pas préparé à cela. Ne pouvait-on pas m'accorder quelques mois, le temps de préparer une petite malle d'habits, de présents pour la famille ? La naïveté m'a fait penser que ces deux hommes pouvaient m'aider. Silence. Je dois quitter la France. Je suis une brebis galeuse. Une branche morte...

Dans la douche, l'idée du suicide survole mes nerfs. Elle mûrit alors que l'heure du départ s'avance. L'eau coule, fuit de partout jusqu'à la porte. Je ne ferme pas le robinet. L'eau coule encore. Elle est trop chaude. Elle coule toujours. Je ne l'arrête pas. La pièce est ennuagée. Comme dans un sauna. Je ne vois plus rien devant mon nez. Seul le bruit de l'eau. Des gouttes d'eau. Une inondation. Une pluie diluvienne. Un brouillard. La peau qui brûle. Je contiens la douleur. Me broyer les carotides. Me fracasser le crâne contre le lavabo. Boucher mes narines. Quelques minutes vont suffire. Quelques minutes seulement. Sans un seul cri.

Je glorifie cet acte.

Pourquoi n'y avais-je pas pensé avant ?

Se donner la mort, quoi de plus héroïque ? Ne pas confier son destin à la ligne tracée par un créateur quel qu'il soit. L'homme peut décider, face au mur, l'abandon ou l'affrontement.

L'affrontement ? L'abandon ?

*
*   *

Quelqu'un frappe à la porte de la douche.

– Vous n'avez plus que cinq minutes !

Mon cœur sursaute et tombe dans mon estomac. J'ai mal au ventre. Au niveau du pubis. Des furoncles partout. Sur la peau. L'eau chaude m'a brûlé. Je me crispe de douleur. Je sens maintenant quelque chose d'autre de brûlant qui longe mes cuisses. Un liquide chaud. Moins chaud que l'eau du robinet. Mais chaud. Je ne retiens plus mes urines. J'ai une envie de déféquer.

Je ne peux me retenir.

Nu, je regarde ce sexe rétréci, ces bourses retirées. Ces excréments qui flottent dans l'eau, à mes pieds. Je ne suis plus un homme.

Je sais ce qui m'attend. Je n'ai pas eu le courage d'arrêter ce souffle. De me laisser brûler. De me fracasser le crâne. De me broyer les carotides. J'ai choisi d'affronter l'autre réalité. J'ai choisi d'assumer jusqu'au bout.

J'irai au pays.

Je serai la risée du quartier. Mais je serai chez moi. J'y serai, l'oreille indifférente à la foule qui me montrera du doigt. Les gens diront ce qu'ils voudront. Ils me houspilleront, me fronderont. Ils se lasseront bien un jour. Je n'ai plus peur de ces procureurs. Ils ne prennent pas le temps de tout comprendre. Ils ne savent pas que notre monde à nous est un autre monde. Dans un milieu qu'on découvre à peine, on ne peut rien prévoir. Rien du tout. On

ne prévoit pas. On subit. On se laisse emporter par
le courant. On vous enseigne les réflexes élémentaires, le vocabulaire en cours. On vous dit comment vous tenir, comment manger, comment boire.
Vous n'êtes plus qu'un fretin cerné par des squales.
Vous n'avez plus qu'à suivre le rythme. Et comme
dans ce monde-là le rythme est d'ordinaire endia-
blé, si vous exécutez lentement vos pas, exténué
par l'effort sans cesse répété, un coup de cravache
vient vous rappeler qu'ici la lenteur est proscrite.

Nous sommes pris dans un cercle. Nous sommes
des serpents qui mordent leur queue. Notre cercle
est là. Sans rayon. Sans ce point fixe qu'est le centre. Alors, nous gravitons à l'intérieur. Notre cercle
est une sorte d'engrenage sans retour. Chacun de
nous a sa petite histoire. Toutes se recoupent à la
fin. Et on en revient à la formule de Moki : *Paris est
un grand garçon...*

J'irai au pays.

Je ne crains plus ce qui m'attend. Je ne me fais
de souci que pour ma vieille mère, une femme silen-
cieuse, résignée et vertueuse qui sera sûrement
usée par la nouvelle de mon retour inopportun. Elle
ne supportera pas que son fils soit l'objet de toutes
les railleries du voisinage. Les maquerelles ne lui
rendront pas la vie facile.

J'ai également de la peine pour mon père, un
homme fier qui avait fondé ses espoirs sur moi. Ses
paroles me hantent. Je ne les ai pas appliquées. Je
n'y pouvais rien. J'ai de la peine pour lui. Il s'est
ridiculisé en se rabaissant devant mon oncle pour
solliciter le paiement de mon billet. Saura-t-il que
ces deux années ont été blanches et que j'ai croupi

dans l'ombre totale, aux frais du gouvernement français ? Je le lui dirai. À lui, je ne cacherai rien. Je l'inviterai derrière notre maison. Nous parlerons d'homme à homme. Je lui raconterai tout, du début jusqu'à la fin. Je remettrai à mon oncle le peu d'argent qu'on m'aura donné, quitte à errer dans Brazzaville. C'est à mon père plutôt que je remettrai toute la somme. Il se chargera de rembourser mon oncle.

Et ma sœur ? Et Adeline ? Et mon fils ? Ma sœur me comprendra facilement. Elle rira, les larmes aux yeux. Nous étions nés pour vivre l'un à côté de l'autre. Comme des jumeaux. Elle en parlera avec ma mère. Elles verseront quelques larmes. Les premiers jours surtout. Adeline restera-t-elle à la maison ? Elle partira. Avec ou sans enfant. Je ne peux le prédire. Je la connais un peu. Elle partira. Je ferai partie de ceux qu'on appelle au pays les *Parisiens refoulés*.

Et puis tout cela passera.

Un ciel nouveau apparaîtra. Une autre saison s'annoncera. La saison des pluies. Les trombes d'eau emporteront les éboulis de songes encore scellés sur les versants de la mémoire. Seul le temps efface les vestiges d'une existence détournée. Nous resterons tous les quatre, mon père, ma mère, ma sœur et moi, dans cette masure. Avec mon fils, si Adeline le permet. Nous resterons là. Comme jadis. Dans cette maison où nous sommes nés. Nous l'éclairerons avec une lampe tempête ou une bougie lorsque nous n'aurons pas assez d'argent pour acheter du pétrole. Nous irons prendre de l'eau à côté, chez les Moki. Mon père n'entrera pas au conseil du quartier. C'est la vie. Ma mère, elle, reprendra sa cuvette d'arachides et vendra au Grand Marché jusqu'à la fin de ses jours, comme la mère de Pindy qui mourut à quatre-vingt-dix ans sans interrompre ce commerce. C'est avec ce peu qu'elle nous a élevés. Mon père n'attendra que sa modeste rente. Il faudra vivre.

Nous ferons tout pour cela.

Ce n'est pas la voiture blanche, la Mazda, qui va me conduire. C'est un car de la police.

Je découvre des visages d'autres Africains dans la cour. Ils sont cernés par des policiers en uniforme, matraques à la main. Les Africains sont résignés. Le dépit se lit clairement sur leurs traits. Ils rentrent malgré eux. Ce n'est pas tant le besoin de rester qui les tenaille, mais la crainte d'affronter toute une grande famille qui les attend. Comme moi. Cette dure réalité. Cette autre réalité à laquelle on ne peut se dérober. Ces mains tendues vers vous. La famille qui vous encercle. C'est cela, notre crainte. C'est un courage que d'arriver d'un long voyage sans un présent pour sa mère, pour son père, pour ses frères et sœurs. Cette angoisse habite l'intérieur de la gorge. Elle ôte les raisons de vivre.

Ils sont là, les autres expulsés. Les indésirables. Je suis le dernier à gagner la cour, toujours escorté de mes deux hommes. On nous dit de nous mettre en rang. On doit nous compter. Comme des marchandises.

On compte les têtes. On se trompe. On recommence. On se trompe encore. On recommence de nouveau. On nous répartit par petits groupes. Non, par pays finalement. C'est mieux. Il paraît que c'est plus pratique. C'est pour éviter que ceux qui ne savent pas parler et comprendre le français se retrouvent dans un pays qui n'est pas le leur. Certains, d'ailleurs, revendiquent deux pays. D'autres ne se souviennent plus du leur. Tant pis, la mémoire leur reviendra dans le charter. Ils font tous semblant et, quand ils aperçoivent un nuage de leur contrée, une excitation soudaine s'empare d'eux.

En ce qui me concerne, un problème se pose. Un tout petit problème. Je n'ai aucun autre compatriote parmi les expulsés. Un policier qui a fait l'Afrique équatoriale française (l'AEF) chuchote à ses collègues qu'on peut me mettre dans le groupe des Zaïrois puisque nous parlons la même langue sur les deux rives du fleuve Congo (ou Zaïre). Nous parlons de part et d'autre le lingala. Le comptable s'arrête, se retourne, prend cela pour une blague et pouffe de rire, l'air de dire à l'autre d'arrêter de le prendre pour un demeuré. Il n'a pas fait l'AEF, dit-il, mais il a quelques connaissances sur l'Afrique centrale, il avait lu *des trucs dessus* et son grand-père a été gouverneur au temps béni des colonies etc.

Le vétéran de l'AEF insiste et nous lance en lingala, avec un accent français ôtant à cette langue toute son élégance :

– *M'boté na bino baninga*[2] !

---

2. Bonjour les amis !

Je somnole sur l'épaule de mon voisin zaïrois.

Nous ne sommes plus au-dessus de la France depuis des heures. La nuit est tombée. Le voyage va être plus long que lors de mon arrivée en France à cause des escales dans les capitales africaines.

Je vais retourner à la case de départ.

J'en ris presque. Dans trois mois, la saison sèche s'abattra sur le pays. C'est la saison de l'effervescence juvénile. Le retour des Parisiens.

Moki va descendre avec son rêve bleu-blanc-rouge. Je me demande si je me déplacerai pour lui rendre visite. J'aimerais entendre ce qu'il me racontera en premier.

Je pense que j'irai quand même le voir.

Peut-être me convaincra-t-il de tenter une nouvelle fois ma chance ?

Que lui répondrai-je ?

Il ne faut jurer de rien.

Je ne peux dire ce que je lui répondrai. Je suis indécis à ce sujet. Tout est possible dans notre monde à nous. Sans le savoir, je ne suis plus le même. Je pense sincèrement que je ne lui dirai pas non. Mentalement je me prépare. Je ne peux écarter l'éventualité de ce retour en France. Je crois que je repartirai. Je ne peux demeurer avec un fiasco dans la conscience. C'est une affaire d'honneur. Oui, je repartirai pour la France...

Repartir, ai-je dit ?
Suis-je endormi ou éveillé ? Qu'importe. Le rêve et la réalité ici n'ont plus de frontière.

*
* *

L'avion peine dans les nuages comme un oiseau lourd pourchassé du ciel par un orage imminent. Nous dormons tous. C'est le seul moment où nous pouvons oublier le face à face qui nous attend avec les membres de notre famille, les proches et les plus éloignés qui accourront des villages pour demander leur part du gâteau...

Paris, septembre 1993,
mai 1995.

Imprimé en France. - JOUVE, 1, rue du Docteur Sauvé, 53100 MAYENNE
N°2689053P. - Dépôt légal : Janvier 2018